자소서를 프로듀스!

초판 1쇄 인쇄   2015년 3월 16일
초판 1쇄 발행   2015년 3월 23일

지은이   김미경·권오성·김미라·이정상·데이비드 립스키(김영지)
         조소영·박지원·임수민·박은경

펴낸이   유재건
펴낸곳   엑스북스(xbooks)
등록번호   제2014-000206호
주소   서울시 마포구 와우산로 180 4층 402호
대표전화   02-334-1412
팩스   02-334-1413

이 도서의 국립중앙도서관 출판시도서목록(CIP)은 서지정보유통지원시스템 홈페이지
(http://seoji.nl.go.kr)와 국가자료공동목록시스템(http://nl.go.kr/kolisnet)에서
이용하실 수 있습니다. (CIP제어번호: CIP2015004421)

미지수 X의 즐거움 **X-PLEX**
www.xplex.org
xbooks@xplex.org

자소서를 프로듀스!

김미경
권오성
김미라
이정상
데이비드 립스키
김영지
조소영
박지원
임수민
박은경

xbooks

"그런 게 바로 사람들이 인생에서 원하는 것 아닌가요?

그들이 하고 싶은 일을 할 기회를 갖는 것 말입니다."

프로듀서의 변

　　　　: 내 이름은 리온 컴포스키, 낫 마이클 잭슨

임
유
진

어떤 분노

"1분 동안 자기소개를 해보세요."

면접 자리에서 심심치 않게 우리는 이 요청을 받는다. 이 문장은 분명 한글로 되어 있다. 우주의 신비를 밝히는 수식이나, 혹은 여러 번 들여다본다 한들 다 똑같아 보이기만 한 고대 문자(…)로 되어 있지 않음에도 머릿속이 하얘지고 말문이 막힌다. 왜지? 왜 어..어렵지?! 너도 아니고 나를 소개해 보라고 하는 그 '1분'은 컵라면 면발조차 채 익지 않는 시간이지만 어떤 때는 영원을 실감하게 하는 시간이기도 하다. 아인슈타인은 천재가 맞다.

1분 동안 나를 소개하고 내가 당신들에게 얼마나 적합한 지원자인지를 설득하는 일은 대부분의 사람에게는 쉽지 않은 일이다. 1분의 스피치를 준비하고 있자면 화가 나기까지 해서 아니 뭐 이런 폭력적인 요청이 다 있나 하는 생각마저 든다. 그리고 문득 치밀어 오르는 분노는 자기소개서를 쓰고 있을 때도 마찬가지로 적용된다. 아니 3천자 내외로 내가 어떤 사람인지, 내가 어려움을 극복한 사례나,

리더십을 발휘한 사례 고작 몇 가지로 나를 설명하라니. 이걸 문항이라고 만들었냐! 그러니까 만날 어떤 부모님 밑에서 어떻게 컸다는 레퍼토리가 끊이질 않지, 주저리주저리 구시렁구시렁. 그 분노는 마침내 사회와 구조와 인간의 인식차원에까지 미치는데… 그러나 그건 너무 사변적이니 여기서는 적지 않는 걸로 하자.

그러나 어쨌든,

그럼에도 불구하고 우리는 쓴다.

당신에게 나를 소개하기 위하여, 나를 팔기 위하여, 3천자가 넘어 버리면 구두점을 빼고 띄어 썼던 본용언 보조용언을 붙여 보기도 하고, 줄이기도 하고 날리기도 하면서 꽤 열심히, 우리는 자기소개서를 쓴다. 분량과 마감을 지키는 건 기본 중의 기본 아니던가!라기보다는 그걸 넘기면 지원서 입력 및 저장이 안 되기 때문이지만, 아무튼 온라인 입사 지원의 무지막지한 틀은 자소서 쓰는 우리로 하여금 분량제한에 맞춰 내 특징을 추가했다가 하나로 통합도 했다가, 그래도 정 안 되면 아예 빼버리게도 한다. 이 앞에서 과연 나는 온전히 나를 이야기할 수 있는가. 이렇게 넝마처럼 기워진 나라는 사람에 대한 소개를 보고 당신은 온전히 나를 알 수 있겠는가. 노동인구의 적어도 ...프로는(인쇄사고나 그런 게 아니고 정말로 몇 프로일지는 모르겠다) 인생에 반드시 한 번, 혹은 그 이상 자기소개서라는 걸 쓸 텐데, 대학 입학과 함께 취직을 준비하는 작금의 현실을 굳이 내가 통탄하며 취직을 준비하는 수많은 구직자들의 마음을 (또 한번) 굳이 내가 헤아리며, '자기소개서'를 쓴다는 것, 혹은 읽는다는 것에 대해서 생각해 보았다. 자기소개서를 쓰는 건 민망하고 괴로운 일이지만 그러나 한편으로 이때 비로소 우리는 벌거벗은 자신을 마주한다는 느낌이 들었다. 평소라면 애인이 대신해 줄 칭찬, 친구들이—좋은 친구라면—이따금씩 이야기해 줄 나에 대한 퍽 진실된 이야기, 귀에 딱지가 앉게 가족한테 들어먹는 욕과 비난……이 모든 것을 종합하는, 우리 인생에서 드물게 찾아오는 소중한 시기이자 기회라는 생각이 들었다. 동의를 하는 이도 있을 것이고 그렇지 못한 이도 있을 것이지만 이 책에 담긴 자기소개서를 쓴 필자들은 분명, '쓰는 것만으로 자신을 생각해 보는 좋은 계기였다'는 소회를 가졌으리라, 그들 자소서의 1차독자로서 뻔뻔하게 주장해 보는 바이다. 물론 이것은 자기소개서 쓰는 걸 은밀히 즐기는, 따지고 보면 구직을 하지 않는 이상 딱히 실제적으로 유용하지 않은 취미를 가진 이가 전하는 조금은 안 와닿는 이야기일 수도 있겠다. 그렇다면 이렇게 보면 어떨까.

나, PD

내가 어떤 사람이면 좋겠다고 마음먹는 순간이 바로 프로
듀싱의 시작이다. 음악만 프로듀스할 게 아니라 우리는 우
리 자신을 프로듀스할 필요가 있다. 여성들의 외모를 가꾸
는 것에 대해 많이들 하는 말이 있다. 미에 대한 기준이 외
부에 있어서 이것도 불만, 저것도 불만. 코가 낮아서 엉덩
이가 납작해서 눈매가 사나워 보여서 외모에 만족하는 일
이 어지간해서는 없다고. 그러나 또 한편으로는 이런 결핍
과 불만족을 채우기 위해 그야말로 뷰티를 겟☆하기 위해
화장법을 바꾸고, 속옷을 바꾸고, 구두를 바꾸고 마침내 내
가 원하는 그 모습에 가까이 가닿는다. 짠, 내가 바라는 내
모습을 획득한 나는 아름답고 멋지다. 상대는 화장으로 가
려진 내 낮은 콧대, 보정된 몸매를 보는 게 아니고 나의 자
신감을 본다. 교정된 이미지가 아름답다고 느끼는 것이 아
니고 아름답다고 느끼는 나를 아름답다고 느낀다. 우리는
이미 숙련된 프로듀서들이다. 내가 어떤 사람이면 좋겠다
고 마음먹는 것은 현재에 대한 결핍이나 생에 대한 불만족
이라기보다는 끊임없이 삶을 살아내면서 조금씩 나은 사
람, 어제와는 다른 사람이 되고 싶다는 적극적인 삶의 의
지로 해석되어야 한다.

모든 사람이 고통을 겪는다. 관건은 고통의 형태를 선택

하는 것인데, 대다수는 이 일을 혼자서 해내지 못한다. 코치가 필요하다. 좋은 코치는 각자에게 맞는 방식으로 각자가 고통을 겪게 만들어 준다. 나쁜 코치는 모든 사람을 같은 방식의 고통으로 몰아넣는다. 그리하여 그는 코치라기보다는 고문자가 된다. (채드 하바크, 『수비의 기술』 1권, 266쪽)

우리는 고통을 겪는다. 논의의 원활한 진행을 위해 채드 하바크의 말처럼 우리 삶의 관건은 고통의 형태를 선택하는 것이라고 해보자. 여기서 이 선택에 도움을 주는 코치는 기본적으로 나 자신이어야 한다. 실패와 고통을 그대로 실패와 고통으로만 받아들이거나, 혹은 가능성 내지는 잠재성으로 받아들이거나—어느 쪽이 되었든 마음을 먹고, 어떤 나이기를 선택하고 결정하는 나는, 내 인생의 PD이어라.

나와 작별하기 위해 쓰는 이야기

그러나 굳이 자소서일 필요가 있을까.

굳이 자소서일 필요는 없지만, 다만 우리가 무언가에 대한 전문가일 수 있을까,라고 했을 때 어쩔 수 없이 긴 시절을 지지고 볶고 함께해 온 자기 자신에 대한 전문가라고 할 수 있지 않을까. 자기 자신에 대한 전문가로서 저마다 자기 자신에 대한 글을 쓰는 것은 그렇기 때문에 가장 자연스러운 일이자 가장 어려운 일이기도 하다. 다른 누구도 아니고, 어디 도망가려야 갈 수도 없는 바로 '나'이기 때문에 그것은 자연스럽고, 열길 물속은 알아도 한길 사람 속은 모른다는 속담을 가져다 붙이지 않더라도, 내 속엔 내가 너무도 많다는 노래 가사를 가져오지 않더라도 알다가도 모르겠는 것이 바로 우리 자신인 까닭에 그것은 또한 어렵다. 자기 자신에 대한 이야기를 한다고 했을 때 우리는 까마득한 어릴 적 기억을 소환해 한글을 간신히 뗀 어린 아이로 돌아가기도 하고, 줄창 연애를 하면서 남친이랑 놀고 배우고 시시덕거리던 때로 돌아가기도 하고, 구직을 하는 와중에 번번이 실패하고 좌절감을 맛보던 그때로 돌아가기도 하고, 이전의 삶으로 거슬러 올라가 아시아에서 태어난 여자로 환생한 발목잡힌 영웅이 되기도 한다. 그러면서 우리는 스스로를 마침내 보게 된다. 나라는 사람을 알게 된다. 허약하고 특출 날 것 없고 시덥잖으나 온전히 나로서 완전한 우리 자신을, 우리는 보게 된다. 갑자기 없던 애정이 솟아올라 나를 막 사랑하게 된다거나 하지는 물론 않을 것이다. 그러나 이해하게 된다. 나와 나를 둘러싼 것들을. 나를 만든 것들을, 나를 나이게 만든 것들을. 이해하는 것은 중요하다. 이것은 우리 자신에게도 해당되는 이야기이다. 수학공식을 이해하는 것만큼이나 우리 스스로에 대한 이해는 중요한 문제다.

몹시 사랑했던 연인과 이별한 한 여인을 상상해 보자. 이별의 이유를 모르는 여인, 도무지 헤어짐을 납득할 수 없는 여인은 고통스럽다. 왜지? 내가 뭘 잘못했지? 어디서부터지? 뭐가 어떻게 잘못된 거지? 초라하고 비참한 마음은 여인을 지배하는 정서가 된다. 누구를 만나도 그 정서에서 자유롭지 못하다. 알 수 없기 때문이다. 그래도 시간은 흘러 다른 남자를 만나고 가정을 꾸리고 아이를 갖고 손주를 갖고 그들과 행복한 시간을 보내다가도 문득 여인은 이 질문을 떠올릴 것이다. '왜지?' 어쩌면 죽는 순간에도 그 질문을 붙들고 있을는지 모른다. 그러나 그렇게까지 남자와의 관계를 붙들고 살았던 이유는 그 남자를 죽을 만큼 사랑했기 때문이라기보다는 아마 그 이별을 이해하지 못했기 때문에, 납득하지 못했기 때문이었으리라. 이해하지 못하면 자유롭지 못하다는 말을 납득시키기 위해 이 상상의 여인의 이야기를 하는 것이 다소 빈곤한 레퍼런스임에는 분명하지만 여하튼 내가 하고자 하는 말은 지나간 것에 대해 이해하고자 하는 마음 없이 그저 참담함으로 기억하고 추억하는 한, 우리는 우리의 지난 부분을 결코 떠나보낼 수 없다는 것이다. 인생의 어느 지점에서 우리는 떠나보내야 할 것을 떠나보내고 잊어야 할 것을 잊어야 한다. 작별할 것들과 작별하고서 비로소 자유로워진 우리는 아마도 훨씬 가벼워진 마음으로 산뜻하게 삶에 임할 수 있을진대, 내가 여기서 감히 하는 말은, 그것은 다름 아닌 '이해함'으로써 가능하다는 것. 불안과 작별하고 의심을 떠나보낸 후, 나를 인정하고 이해함으로써 가능할 가벼움의 차원. 그 차원에서 우리는 아마도 조금은 중력에서 벗어나 가볍고 유쾌한 자신이 될 수 있을 것이다. 에머슨도 그렇게 말하지 않았던가, 성공이란 자주 그리고 많이 웃는 것이라고.

내 이름은 리온 컴포스키, 뉴저지의 미장이

그러나 또한 성공이란, "내가 나인 채로 있을 수 있는 것"이기도 하다. 저 멋진 여배우 틸다 스윈튼이 한 인터뷰에서 한 말이다. 사실은 내가 아닌 다른 것으로 가장하지 않아도 되는 것이 성공이라니, 「심슨」의 한 에피소드에 등장했던 뉴저지의 미장이 리온 컴포스키가 호출되는 시점이다. 리온 컴포스키는 누가 봐도 덩치가 좋은 백인인데 스스로를 마이클 잭슨이라 일컬으며 마이클 잭슨처럼 말하고 마이클 잭슨처럼 노래하고 마이클 잭슨처럼 춤을 춘다.

내 이름은 리온 컴포스키. 뉴저지의 미장이란다. 난 내 인생이 너무 싫었어. 그런데 어느날 목소리를 이렇게 마이클 잭슨처럼 냈더니 사람들이 좋아하고 웃어주는 거야. 그래서 계속 이렇게 지냈지. 그게 날 피곤하게 만드는구

나. 우리 중에 진짜 미친 사람이 있을까?

리온 컴포스키가 마이클 잭슨에서 다시 자기 자신 리온 컴포스키로 돌아오는 것은 그가 싫어서 부정하고팠던 과거, 그 기억에서 자유로워졌을 때다. "아저씨는 누구예요?" 라는 물음에 "내 이름은 리온 컴포스키. 뉴저지의 미장이란다"라고 마침내 이야기할 수 있는 그 상태. 그 자유로움이 우리 모두에게 필요한 것이며 그것은 곧 자기치유의 첫걸음이다.

이 에피소드에서 리온 컴포스키가 등장한 계기는 우리의 주인공 호머 심슨이 정신병원에 갇혀 그와 같은 병실을 쓰면서다. 그리고 정신병원에 갇힌 심슨이 병원을 나가기 위한 과정으로 '사실은 그가 미치지 않았음'을 증명받는 건, 의사가 부인 마지 심슨과 면담을 한 이후였다. "당신의 부인과 이야기를 해본 결과 당신이 정신이 이상한 사람일 수 없다"는 결론을 내린 것.

내가 나인 채, 오롯이 '나'라는 존재만으로 증명받고 인정받는 것도 좋지만, 내 곁에 있는 그 사람들을 포함한 동심원까지가 바로 나임을 부정할 수 없는 순간은 결국 온다. 나는 어떻게 나인가. 내 주변이 있음으로 나는 내가 된다. 자기를 안다는 것, 나의 이야기를 한다는 것은 그렇게 사실은 거의 모든 것에 대해 이야기한다는 말이다. 단순히 회사에다 학교에다 나를 뽑아 달라고 청원하고 설득하는 그런 피곤함과 빈곤함을 넘어, 나 그리고 모든 것에 대한 이야기, 자기소개. 이제 우리가 알던 그 자기소개서를 잊고, 나에 대한 이야기를 다시 쓸 때다.

거창하게 이런 이야기 저런 이야기를 가져다 붙인다 한들 어쨌거나 이것은 알지도 못하는 남들의 자기소개서를 내가 왜 읽어야 하냐고 샐쭉 입을 내밀 사람들에게 노파심에 늘어놓는 어느 자기소개예찬론자의 변이다. 그리고 동시에 당신이 이 책을 덮고 당장 자기 자신을 위한 '자소서'를 써야 할 이유이기도 하다.

*

이 책의 앞부분은 "이게 무슨 자소서야?"라고 물을 사람들에게 자소서 맞다고, 그냥 이런 자소서도 있는 거라고 능청스럽게 내미는 글들이다. 그림을 가져다놓기도 하고 퀴즈를 풀어 보라고 대뜸 십자말풀이를 놓기도 하고, 소설인지 실화인지 모를 이야기, 그리고 '자기'가 아니고 '남'이 쓴 자기소개서(?)를 모아놓기도 했지만 그러나 이것은 어쨌거나 자기소개서가 맞다. "저는 어떠어떠한 부모님 밑에서……"를 벗어난 글을 쓰고 싶은 사람들에게 제안하는 '자소서 창의력 훈련' 정도라고 생각하면 될 것 같다.

그리고 뒷부분은 어쩌면 많은 사람들이 한번쯤은 겪었을 일들 구직(및 이직)에의 심적 고통과 어려움을 토로하고 있는 글들로 이루어졌다. 어쨌거나 나를 포장해야 하는 글, 나를 팔아야 하는 글쓰기의 어려움. 이 어려운 자소서를 또다시 쓰면서 고통스러운 지난 날 혹은 현재를 회상하고 야심찬 미래를 궁리하는 사람들의 분투기라고 보면 되겠다. 구직을 하면서 입사지원을 하는 동안은 아무것도 할 수 있는 게 없지만, 그렇다고 해서 아무것도 하지 않았다고 쓸 수 없는 노릇인 구직자들의 아이러니한 입장과 고뇌는…… 겪어 본 사람만이 아는 그것. 이 구직자 분투기를 읽으며 혹자는 눈물을 흘릴지도 모르겠다.

마지막으로, 그렇다면 이렇게 자소서를 쓰는 사람들 말고 읽는 사람들은 도대체 어떤 심정인 것인지 궁금한 마음에 마음산책 출판사의 정은숙 대표를 인터뷰했다. 어떤 자소서가 좋은지, 어떻게 쓰면 좋을 것 같은지, 자신은 어떤 사람과 함께 일하고 싶은지 등을 묻고 들었다. 인사담당자의 마음을 조금이나마 들여다보고픈 마음 있는 자들이여, 마지막 장 인터뷰를 펼칠지어다.

차례

PART 1

그렇습니다,
자소서입니다

"사람들은 존재하는 것들을 보며 '왜지?'라고 말한다.

나는 존재한 적이 없는 것들을 꿈꾸며 '왜 안돼?'라고 말한다."

-조지 버나드 쇼

나는 옥상화가입니다

김
미
경

김미경

1960년 대구출생. 국어교사, 여성문화운동가, 신문사기자, 잡지편집장 등을 하며 살았다. 2005년 뉴욕으로 옮겨가 7년을 살면서 진짜 내가 원하는 게 무엇일까 고민을 시작했고 2010년 미국 생활을 담은 수필집 『브루클린 오후 2시』를 펴냈다. 2010년 서울로 돌아와 2년여간 공익재단에서 일을 하다가 그만두고 2014년 3월부터 글도 쓰고 그림도 그리는 화가로 살고 있다. 2015년 2월 『서촌 오후 4시』를 출간했다.

옥.상.화.가.

며칠 전 전시회 오프닝에서 후배가 자기 친구에게 힘겹게 나를 소개시켜 주고 있었다. "어~이분은 예전에 신문기자이셨고…뭐죠?…그리고 아름다운재단에서 직책이 뭐였죠? 사무총장? 상임이사? 아, 사무총장이셨고…그리고 지금은……" 후배의 친구는 계속 갸우뚱한 얼굴로 나를 아래위로 훑어보고 있었다.

"그러지 말고 그냥 옥.상.화.가. 라고 불러주세요!"

나는 요즘 서촌옥상화가로 불린다. 옥상에서 그림 그리는 사람. 옥상에서 매일 그림 그리며 사는 사람은 세상에 흔치 않으니 나를 가장 쉽게 기억하게 해주는 단어가 된 것 같다. 그래. 나는 옥상화가다. 동네 여기저기 옥상을 돌아다니며 동네 풍경을 그리며 산다. 내가 왜 옥상화가가 되었나? 왜 나는 하루 종일 옥상에서 그림을 그리며 사나? 나는 과연 누구인가?

나는 서강대 국문학과 79학번이다. 박정희 대통령이 시해된 1979년 10·26으로 학교는 휴교하고 1980년 5·17, 5·18항쟁으로 친구들과 함께 길거리로 나섰다. 책 열심히 읽고 그림 그리기 좋아하는, 작가가 되겠다는 꿈을 안은 문학소녀. 그것이 그 당시 나의 개인적인 자아였다. 그런 개인적인 자아를 갖고 대학에 진학한 나는 헷갈리기 시작했다. 친구들은 삐라를 뿌린 후 잡혀가고, 대학교엔 군인들이 상주했다. 사회과학 공부를 하고, 데모대를 쫓아 다니고, 사회변화와 통일을 꿈꾸고, 사회변혁을 위해 개인을 초개처럼 던져야 한다는 분위기 속에서 내 개인적인 자아는 저 멀리 억눌렸다. 이화여대 대학원 여성학과를 진학하고, 이후 '또하나의 문화' 간사, 여성신문 편집장을 거쳐 1988년 한겨레 신문 창간과 함께 한겨레 기자가 됐다. 사회변화를 위해 내 몸을 던져야 한다는 생각으로 온 몸을 던져 일했던 것 같다. 사회적 자아로서의 삶이 더 중요하다는 생각, 사회적 자아를 위해 개인적 자아는 희생해야 한다는 생각으로 살았다. 내가 원하는 일이 무엇인지를 생각하기보다, 사회가 필요로 하는 일을 해야 한다는 의무감으로.

2005년부터 2012년까지 미국생활을 했다. 내 사회적인 자아를 알아 주지도 요구하지도 않는 미국 땅에서 평범한 직장인으로 살았다. 억압되어 있던 개인적인 자아가 쑤욱 자라 올라온 시기였던 듯하다. 개인적인 자아를 억누를 사회적인 자아가 없었기에 말이다. 사회의 변혁을 위해 끊임없이 일만 해야 하는 내가 아니라, 나 자신이 정말 원하는 것이 무엇인지를 찾아 그것이 일이 되어야 한다는 생각을 처음으로 진지하게 하기 시작했던 것 같다. 그리고 다시 돌아온 2012년 한국. 또다시 재단 사무총장이라는 직함을 갖고 사회적인 자아가 필요한 일을 하게 됐지만, 내가 아주 많이 달라져 있다는 사실을 천천히 깨닫기 시작했다.

억지로 해야 하는 역할을 더 이상 해낼 수 없게 됐다. 내가 진짜로 하고 싶은 일을 하고 싶어 미칠 것 같았다. 옛날처럼 꾹꾹 참고 살 수가 없었다. 대책도 없어 밤엔 엉엉 울며 살았다. 그 순간에 만난 것이 그림이었다. 주말이면 하루 10시간이 넘게 그림만 그렸다. 결국 정신과 신체에 탈이 나기 시작했다. 아파 숨을 쉬기도 힘들게 된 순간 떠났다. 2014년 초의 일이다. 그림만 그리며 살 수 있는 현실적인 방법이 보이지 않는데도 그냥 떠났다.

용감한 여자

"어떻게 그렇게 용감하게 결단을 내릴 수 있느냐?"고 묻는 사람들이 많다. 그림을 정식으로 배우지도 않았으면서 쉰다섯 살에 전업화가로 살겠다고, 멀쩡한 직장을 어떻게 뛰쳐나올 수 있었는지 놀란다. 내 인생을 거슬러 올라가 '석사 아내와 고졸 남편'이라는 브랜드가 붙은 내 결혼도 그렇고, 신문사 기자를 그만두고 미국으로 훌쩍 떠난 것도 그렇다. 다들 "참 용감하시네요~" 한다.

그런데 솔직히 나는 별로 용감하지 않다. 늘 속으로 벌벌 떤다. 내 주장을 적극적으로 펴는 방법을 잘 모른다. 누군가 나를 공격하면 바로 얼어붙어 버린다. 집에 돌아온 후에야 늘 그때 이런 말을 할걸, 저런 말을 할걸 하고 후회하곤 한다. 겉으로는 씩씩해 보이지만, 속으로는 늘 불안불안하다.

나는 다른 사람들이 용감하다고 하는 결정을 어떻게 혹! 내려 버리는 걸까? 내가 꼭 해야 할 말을 하지 못할 때, 내가 하기 싫은 일을 억지로 해야 할 때, 내가 자유롭지 못할 때, 나는 몸과 정신이 심하게 아파 누워 버린다. 아파서 더 이상 견딜 수가 없기 때문에 결단을 내릴 수밖에 없다. 내가 더 자유로울 수 있는 방향으로. 내가 아프지 않고 살기 위한 결단일 뿐이다. 자유롭지 않게 살 수가 없어 그냥 절벽에서 뛰어내리듯 뛰어내리는 것뿐이다.

자유로운 여자

이렇게 사니 사람들이 "김미경 씨는 참 자유로운 영혼"이라고 한다. 난 자유로운가? 무엇으로부터 자유로운가? 사실 자유롭다는 데는 많은 단면이 있는 것 같다. 정치적으로, 경제적으로, 정서적으로, 감성적으로, 지성적으로, 외모로, 영혼으로. 이런 모든 면에서 정말 나는 자유로운 여자인가? 나는 자유롭게 살고 싶어 발버둥치는 여자이지, 자유로운 여자라고 떠들긴 어려운 것 같다.

내가 가장 자유롭고 싶은 것은 고정관념으로부터이다. '어떠어떠해야 한다'는 것들. 그 모든 '어떠어떠해야 한다'로부터 자유롭기 위해 내가 내린 결정들은 나를 궁지로 몰아넣는 경우가 많았다. 특히 경제적으로. 오히려 더 부자유로워지기도 했다. 글쎄. 내가 정말 자유로운 건 패션 정도가 아닐까. 나는 내 멋대로 자유롭게 막 입는다. 머리 색깔도 열 가지 정도로 염색을 해봤다. 하지만 정치적·경제적·사회적으로 정말 나는 자유로운가? 솔직히 턱없이 부족하다. 조금은 과격해 보이는 결단을 하면서, 그 결단의 대가를 톡톡히 치르면서, 조금씩 조금씩 더 자유로워지고 있을 뿐이라는 게 맞겠다.

우아하고 품격 높은 가난(가난한 여자)

살다 보니 나는 돈을 별로 잘 벌지 못하는 사람이 됐다. 생각해 보면 나는 돈이 들어올 수 있는 길을 스스로 알아서 차단한 셈이다. 결혼했다는 이유로 남자의 돈을 쓴다는 것이 아주 이상하다고 생각하고, 사회적으로 의미가 있으면서 돈도 되는 일을 해야 한다고 생각하며 살아오다 보니 크게 돈 벌 일이 없었다.

지난해 한 일간지에 서촌 옥상화가라고 소개되면서, 빵집에서 알바하고 있다는 사실이 알려졌다. 취재에 응할 때는 사람들이 그 사실에 그렇게 큰 관심을 가질 줄 몰랐다. "말하자면 신문사 편집국장이 신문사 나간 지 얼마 안 돼 기자들이 들락날락하는 신문사 근처 식당에서 알바하는 격이잖아요. 좀 뜨악~한 일이긴 하죠." 다들 그런 눈으로 보고 나를 신기해 했다.

내가 이상한가? 아무리 생각해 봐도 먹고살기 위해 몸을 움직여 하는 노동은 모두 신성하다는 거. 어떤 일을 하고 있든, 그 노동의 외형이 그 사람의 개성이나 존엄성을 곧바로 규정짓는 게 아니라는 거. 그건 맞는 말인 것 같다. 그 지점에서는 확실히 나는 자유롭다. 그후 어느 날. 방송사에서 나를 찍어갔는데, 빵집 알바를 해서 얼마 버는지까지 꼬치꼬치 물었던 게 마음에 걸려 그 기자에게 이메일을 보냈다.

'우아하고 품격 있는 가난'이 제 컨셉인데 불쌍하거나 서글프게 나오면 죽음!!!일 줄 아세요!!!ㅎㅎㅎ

가난하면서 우아하게 사는 거. 아직 충분히 달성한 것

같진 않지만, 비슷하게 되어 가는 것도 같다. 절대 부자가
되고 싶지는 않다.

개인적인 것이 정치적이라고 생각하는 여자

대학원에서 여성학을 배우면서 '개인적인 것이 정치적이
다'라는 말을 처음 들었을 때 너무 좋았다. 딱 내가 살고 싶
은 스타일이었다.

돌이켜보면 나는 늘 내가 몸으로 실천하지 못할 일은 말
하지 말자, 생각하면 말로 하지 말고 실천하자라는 강박
증 비슷한 게 있었던 것 같다. … 정치적·사회적·경제적
거대 담론들을 내 입으로 얘기하는 것보다 개인적인 일상
사와 연결해 궁리하고, 해석하고, 받아들이고, 실천하는
걸 더 즐겼다. 그러니 내 삶은 늘 더뎠다.

내가 처음으로 펴냈던 책 『브루클린 오후 2시』 서문에
서 나는 나를 이렇게 소개했다. 거창한 거대담론을 이야기
하면서 개인적인 생활에서는 전혀 실천하지 못하는 사람
이 싫었다. 나는 학력차별에 대해 거품을 무는 사람들과
함께 목청을 높이진 않았지만, 소위 '석사 기자'로 '고졸 판
매 사원'을 사랑하고 결혼했다. 청소년 성 문제에 대해 이
야기하기 전에 늘 딸과 섹스 이야기를 나눴다. 페미니스트

라고 큰 목소리로 떠들지는 않았지만 평생, 아니 부모로부
터 독립한 이후로, 단 하루도 남자가 벌어다 주는 돈으로
는 살아 본 적 없다. 이런 것들이 내가 내세우는 내 인생의
가장 큰 자랑거리다. 이런 생활적, 문화적 저항이 나의 근
본적인 정치적 저항이라고 믿고 있다.

잘 버리는 여자

나는 물건을 엄청 잘 버린다. 미국에 살러 가면서 가지고
있던 짐을 다 버리고 이민가방 몇 개만 달랑 들고 갔다. 미

▶김미경 作, 서촌옥상도

국에서 이것저것 짐이 불어났지만, 7년 만에 돌아오면서 역시 몽땅 버리고 이민가방 몇 개만 달랑 들고 돌아왔다. 과감하게 버려야 지키고 싶은 것들을 지킬 수 있다고 믿는다. 버려야 새로운 것들이 들어올 수 있는 공간이 생긴다고 믿는다.

물건뿐 아니라 삶에서도 마찬가지다. 많은 사람들이 부러워하는 일간신문사 기자일을 버리고 미국으로 떠나고, 또 전업화가가 되겠다고 부러움을 사는 사회단체장의 자리를 버리는 것을 보면서 다들 어떻게 그렇게 쉽게 버릴 수 있느냐고 묻는다. 그런데 내겐 버리는 게 어려운 일이 아니다. 물론 버릴 때 알몸뚱이로 살아야 한다는 공포가 없는 것은 아니다. 하지만 내가 가진 것들을 움켜쥐고 새로운 것들이 들어올 수 없다는 걸 경험으로 터득했기 때문인 것 같다. 버리지 않고는 새로운 삶이 들어올 수 없다는 것을 알기 때문이다. 결국 우리는 알몸으로 돌아가야 할 존재들 아닌가? 다 버려야 죽음을 마주할 수 있듯이.

돈이 없어 화실을 따로 얻을 수도 없어 우리 집 옥상을 화실삼아 올라가 그리기 시작했다. 새로운 뷰를 그리기 위해 동네 다른 아파트 옥상에 올라가 그리다 쫓겨난 이야기를 페이스북에 올리자, 자기 집 옥상에 와서 그리라는 페친들의 댓글이 이어졌다. 그 옥상에 올라가 그린 그림이 소개되고, 또 소개되면서 나는 옥상화가가 됐다. 대책 없이 회사를 떠날 때는 상상도 못한 일이 일어났다. 직장을 버리지 않았으면 일어날 수 없는 일이 일어난 게다.

옥상화가도 언젠가는 버려야 할 때가 올 거라 믿는다. 나는 옥상화가로 갇힐 필요는 없으니까. 그땐 또 용감하게 버리고 떠날 생각이다.

퀴즈로 하는 자기소개,
풀어봅시다!

권오성

권오성

아내 미미와 딸 유진에게 늘 어제보다 좋은 남자가 되려고 애쓰는 마흔 살 가장이다. 직장인 너머 직업인이 되겠다는 포부와 신의 직장에 그냥 눌러 앉아 있을걸 하는 후회 사이를 몇 년째 왕복하고 있다. 십오 년간 배운 도둑질은 뉴미디어와 마케팅이고 이따금 가르치기도 한다.

백석과 엘지트윈스와 커피와 개와 잠을 좋아한다. 예수와 러스킨과 전태일과 조영래와 권영수를 존경한다. 올바르지도 아름답지도 않으면서 그런 척하는 자를 경멸한다. 자신의 욕망을 위해 다른 이의 존엄을 희생시키는 자를 증오한다. 영화 「아마데우스」와 「8월의 크리스마스」를 각각 열 번 이상씩 봤다.

십자말 풀이

공자(孔子)라는 사내는 지금의 내 나이 적에 세상의 이치를 깨닫고 그 어떤 일에도 흔들림이 없었다 한다. 하지만 나에게 마흔은 불혹(不惑)이 아니라 당혹(當惑)으로 다가온다. 공자조차도 이 어지러운 시대를 살았다면 간혹(間或) 정도로 수위를 낮춰야 했으리라. 아무튼 가로세로 퍼즐처럼 희비가 교차했던 마흔 살 인생을 마흔 개의 열쇳말로 소개해 볼까 한다.

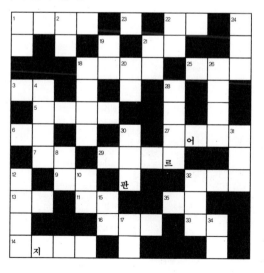

[가로열쇠]

1 자신의 거주지로부터 멀리 떨어진 곳에서 아이를 낳는 일.

3 학생들이 입는 제복. 영국에선 헨리 8세 때, 국내에선 1904년 이화학당에서 시작되었다고 한다.

5 술마시고 노래하면서 춤을 추는 일. 삼곡지 위지 동이전에 '연일 ○○○○'라는 대목이 나온다.

6 백사 이항복의 별명으로, 이는 그의 녹훈(綠勳)인 ○○부원군에서 따온 것.

7 가문에서 대를 이어 전해지는 보물.

9 어떤 수를 자연수로 나누었을 때 나머지가 0이 되는 수. 3호선과 6호선의 환승역.

11 로버트 루이스 스티븐슨이 1886년 발표한 소설의 주인공. 하이드와 동일인물 '○○박사'

13 75년 토끼띠의 국내 여가수로서 대표곡으로 「눈물」(1998)이 있다.

14 서울 보문시장 초입에 수십 년 전부터 있었던 약국의 명칭.

16 톨스토이가 "가슴으로 생각하는 사람"이라고 부른 19세기 영국의 예술비평가이자 사회사상가.

18 국내 최초 축산대학에서 생산한 50년 전통의 우유.

21 동양화에선 그림의 일부로 여길 정도로 중요하게 생각하는 요소. ○○의 미.

22 네덜란드 출신의 인상파 화가. 측두엽기능장애로 추측되는 정신병을 앓던 끝에 자살을 감행하기도 했다.

23 인류 최초의 가축으로 알려져 있는 네발 짐승. 인간과 적대한 늑대와는 달리 인간과의 공존을 선택했다.

25 양과자의 일종으로, 사이에 크림이 들어있는 바삭바삭한 과자. 어원 'wafers'의 일본식 발음.

27 '맥가이버', '전격Z작전' 등과 더불어 80년대 대표 미드. 극중 바위산에서 출동하는 전투헬기의 명칭.

29 "주사위는 던져졌다", "브루투스 너마저…" 등의 숱한 명언을 남긴 고대로마의 영웅. 율리우스○○○○

32 87년 11월 1일 요절한 싱어송라이터. 한국 가요사에서 가장 위대한, 단 하나의 음반을 남기고 갔다.

33 검색의 대명사이자 '신의 직장'이라 불리우는 IT회사. 10의 100제곱을 뜻하는 '구골'(Googol)에서 유래.

35 도박에서 남은 돈을 모두 쓸어넣는 베팅기술. 2003년 이병헌, 송혜교가 주연한 SBS드라마의 제목.

[세로열쇠]

1 둥근 모양. 이걸 살짝 찌그러뜨리면 타○○이 된다.

2 그룹 '어떤날'의 2집 음반(1989)과 싱어송라이터 김동률의 5집 음반(2008)의 첫 곡 제목.

3 현대 기독교음악에는 찬송가와 이것이 있다. 가스펠송(Gospel Song)이라고도 한다.

8 몸의 허(虛)한 부분을 보(補)해주는 약. '밥이○○'이라는 말이 있다.

10 장사에서 이익이 남을 때 '○○맞다'라고 한다. 뜻밖의 좋은 일이 생겼을 때는 '○○맞았다'고 한다.

12 중국 북방에 지어진 성벽으로 길이가 무려 8851km에 달한다. 우리 도량형으로 '이만 리'를 넘는 셈.

15 살인청부업자. '히트맨'이라고도 한다.

17 자기를 가르쳐서 인도하는 사람. 사부, 선생 등의 순우리말로서 반댓말은 '제자'

18 80년대까지 음반 마지막 트랙엔 반드시 이것이 수록돼야 했다. '어허야 둥기둥기'가 유명하다.

19 정초에 먹는 음식으로, 원래 꿩고기로 국물을 냈다고 하며 '꿩 대신 닭'이란 속담이 여기서 유래됐다고.

20 편지 부칠 때 붙이는 것. 2014년 기니아의 1센트짜리 이것이 경매에서 약 100억원에 낙찰된 바 있다.

21 넉넉하여 남음이 있는 상태. 느긋하고 차분하게 생각하거나 행동하는 마음의 상태.

22 마음속에 감추어 둔 것을 사실대로 숨김없이 말함. '○○점프'라는 단체 맨손 게임도 있다.

24 하버드 의대생들의 우정과 사랑을 다룬 에릭 시걸의 소설.

26 남성듀오 '미스터 투'가 93년에 발표하여 메가히트한 데뷔곡. 겨울,하면 떠오르는 대표적인 가요.

28 ○○○○형제는 1895년 시네마그래프를 발명, 세계최초의 영화 '열차의 도착'을 상영했다.

30 서태평양에 있는 북마리아나 제도의 가장 큰 섬으로 우리나라 사람들에게 인기 휴양지 중의 하나.

31 체코의 수도. 1960년대 후반 여기서 일어났다가 좌절된 민주화운동을 가리켜 '○○○의 봄'이라 한다.

32 야구에서 투수가 타자의 헛스윙이나 범타를 유도하기 위해 던지는 공. 스트라이크로 속이기 위한 공.

34 남의 물음, 요구에 대해 갖는 태도가 명확하지 않을 때 하는 말. 영어 "Well…"에 해당하는 우리말.

무에타이의 후손이 될 뻔했던 아이

산아제한 정책이 공격적으로 전개되던 60~70년대 다른 공무원의 아내들처럼 전국을 돌며 '둘만 낳아 잘 기르자'를 선전하러 다니셨던 어머니는 여봐란듯이, 그것도 '세계 인구의 해'에 다섯째인 나를 방콕에서 잉태하셨고 서울로 원정출산^과

로1을 감행하신다. 어머니의 후일담에 따르면 낯선 이국 땅에서 아이를 낳으면 죽을지도 모른다는 생각이 본능적으로 들었기 때문이라고 한다. 자칫하면 무에타이의 후손이 될 뻔했던 나의 첫 페이지는 이렇게 시작되었다.

이렇듯 범상치 않은 막내아들을 품에 안은 아버지는 안동 권씨 35대 항렬들의 돌림자인 다섯 오(五)자에 이룰 성(成)자를 붙여 오성^{각로6}이라는 귀여운 이름을 붙여 주셨다. '이 다섯번째 사내 아이를 끝으로 나는 모든 걸 이루었다'는 선언의 의미라는 게 중론이나, '이 아이는 장차 다섯 가지를 이룰 것인데 그게 과연 무엇일까'라는, 스케일 큰 퀴즈일지도 모르겠다. 그럼에도 불구하고 난 어릴 적부터 이 '오성'이란 이름을 창피하게 여겼다. 통성명 때마다 어김

없이 날아오는 질문이 "한음이는 어딨냐 ㅋㅋㅋ"였고 어른들의 경우 "오성장군"이라는 호칭이 자동이었다. 어린 나는 그게 놀리는 말인가 싶어 적잖이 속상했었나 보다. 하지만 '오억'이란 이름으로 살아가는 맏형을 생각할 때 겉으로 드러낼 순 없었다. 심지어 사촌 형님 중엔 태어날 때부터 특정 직업을 포기해야 하는 분도 계셨다. '오진' 형님.

공직에 계신 아버지를 따라 우리 식구들은 70년대 대부분을 태국 방콕에서 지냈다. 거기서 외국인학교를 다닌 형들과는 달리 내가 방콕에서 지낸 시간은 서너 살 무렵의 두 해 남짓으로 무척 짧아서 남아 있는 기억이 거의 없다. 파타야 해변에서 모래성을 쌓던 기억, 악어나 코끼리 따위를 보며 무서워하던 기억, 아파트에서 내려다본 방콕 시내의 고요한 야경 등 몇몇 장면만이 어렴풋하게 머릿속에 남아 있을 뿐이다.

대신 나는 우리집의 오랜 풍습인 '슬라이드 상영' 시간을 통해 내 유아기를 재구성할 수 있었다. 마치 등화관제 훈련을 하듯 집안의 모든 불빛을 차단시킨 후 우리집 가보 ^{가로7} 중 하나인 슬라이드 영사기가 켜지면, 비스킷만 한 네거티브 필름에 담긴 우리 가족의 추억들이 한 장 한 장 지나갔다. 아버지의 내레이션에 어머니와 형들의 고증이 더해져 가족의 역사를 완성시켜 가는, 우리집만의 독특한 프로그램이었다. 시간은 흘러 영사기는 고장나고 아버지는 우리 곁을 떠나셨지만 그 소중했던 추억은 영사기 불빛으로 피어오르던 먼지와 뭔가 타는 듯한 냄새와 함께 선연히 떠오른다.

얼리어답터와 호모콘스무스

게으르고 놀기 좋아하는 자식들과는 달리 아버지는 참으로 근면성실한 분이셨다. 가장으로 산 50년 동안 한결같이 새벽 다섯 시에 일어나 기도하고 영어성경 읽고 맨손체조하고 조깅을 하셨다. 결국 그 꾸준함과 겸허함은 학벌 핸디캡이 있는 아버지를 가장 높은 곳까지 인도했는데, 병마와 싸우던 생애 마지막까지도 변함이 없으셨다. 이따금씩 예의 나직한 영국식 억양으로 "Early to bed and early to rise makes man healthy, wealthy and wise"라는 말씀을 하시곤 했는데 우리 베짱이들은 아무도 아버지처럼 하지 않았다. 내색은 안 하셨지만 늘 답답하고 서운하셨을 것 같다. 날 닮아 밤도깨비인 딸아이가 나의 잔소리를 따분해할 때마다 아버지를 떠올린다.

돌이켜보면 아버지는 당시에는 드문 얼리어답터이셨다. 버스 몇 정거장 정도는 늘 걸어다니셨고 바깥에서 술한잔 안 하실 정도로 검소하셨지만, 악기와 멀티미디어 시스템에는 결코 돈을 아끼지 않으셨다. 일년의 절반 이상은 해외출장을 다니셨는데 늘 쥐꼬리만큼 나오는 체제비를 최대한 아껴 자식들을 위해 세계 각국의 크고 작은 물건(각 나라 기념 우표^{세로20}에서부터 아프리카에서 온 악어 모양 등긁개까지)을 사오셨다. 우리집은 80년대 초에 이미 TV에서조차 보기 어려운 슬라이드 영사기, 아코디언, 피아노, 턴테이블 따위를 구비하고 있었고 덕분에 우리 식구들은 모든 엔터테인먼트를 집 안에서 해결했다. 아버지는 주변 모든 사람들이 혀를 내두를 만큼 지독한 청백리셨고 이재에도 밝지 않으셨던 까닭에 말년까지 부채에 시달리셨지만 자녀들에게 돈으로 따질 수 없는 재산을 물려주셨다. 덕분에 우리 오남매는 어릴 적에 이미 우리들끼리 콘서트가 가능할 정도의 예술적 기질을 갖출 수 있었다. 이제는 분명히 알 수 있다. 아버지는 당신의 취미가 아니라 가족을 사랑했던 얼리어답터셨다는 것을.

토요일이 되면 나는 아버지와 산에 갈 생각에 늘 설레었다. 물론 어린 나에게 등산은 '염불'이었을 뿐 산에 오를 때 먹는 간식과 정상에서 먹는 점심, 내려오는길에 마시는 약수,^{가로9} 이 세 가지가 '젯밥'이었다. 약수가 담긴 플라스틱 바가지를 한 손에 든 채 짧은 기도를 하신 후 신선 같은 음성으로 "오성아 이게 최고의 보약^{세로8}이란다" 약수를 건

네 주시던, 지금 내 나이 무렵의 아버지를 추억한다. 세상 모든 유혹을 끊고 오직 일과 가족과 신앙, 세 가지에만 몰두하셨던 당신이야말로 생애 전체를 불혹으로 살다 가신 분이다.

그러고 보니 어린시절 나의 욕망은 온통 '젯밥'에 쏠려 있었던 것 같다. 거의 모든 물자를 형들로부터 물려받았고 손에 쥘 수 있는 현금은 빤했기에 나의 엥겔계수는 늘 분자와 분모가 일치했다. 그나마도 구매력이 전혀 없던 나는 좀 과격한 속담을 빌리자면 '공짜라면 양잿물도 마시는' 열정을 갖고 있었다. 더군다나 먹성 좋은 형제들과의 경합에서 항상 불리할 수밖에 없던 나였기에 더욱 '공짜간식'에 집착할 수밖에 없었다.

보문시장 입구 성지약국^{가로14}에 심부름을 가면 쥐어 주시던 박카스, 구의동 사촌누이 집에 늘상 쌓여 있던 건국우유,^{가로18} 친구 민수네 집이 시켜먹던 '희귀 아이템' 비락 초코우유, 집에 귀한 손님이 오실 때나 구경할 수 있던 사브레와 웨하스^{가로25} 등. 식탐의 대상이 모두 '장만하는 것'이 아니라 '사먹는 것'이었다는 점을 생각했을 때 초딩시절의 나는 이른바 '호모 콘수무스'(Homo Consumus)이지 않았나 싶다. 구매력이 없는 만큼 구매욕구가 커지는, 초딩 꼬마의 자연스러운 심리였을지도 모르겠다. 어쨌거나 박카스 딸 때의 '꽉' 하는 손맛, 건국우유의 정사면체 포장에

빨대를 정조준할 때의 떨림, 웨하스의 시스루 속포장을 벗겨낼 때의 아찔한 설렘을 지금도 나는 잊을 수가 없다.

미드의 추억

80년대 중반 「이산가족찾기」로 온통 눈물바다가 된 우리 사회는 경쾌한 무언가를 필요로 하는 듯 보였고 때마침 등장한 게 '미드'라는 신세계였다. 미모의 여주인공 다이애나가 살아 있는 쥐를 한 입에 털어넣는 장면에 온 국민이 경악했던 「브이」, 헬리콥터로 악당을 무찌르는 「출동 에어울프」_{가로27}와 자동차로 정의를 실현하는 「전격 Z작전」, 그리고 전투 헬기나 첨단 자동차 없이 맨손으로도 충분히 문제를 해결하던 'DIY의 조상' 「맥가이버」 등 1세대 미드들이 안방을 점령했더랬다.

　동네 불량배 룩의 마이클이 무려 '법질서재단'이라는 기관을 위해 일한다는 사실은 '기관=제복'이라는 등식을 깨는 반전이었고, 전투헬기로 적진을 무차별 폭격하고 돌아온 터프가이 호크가 뜬금 없이 우수에 찬 표정으로 첼로를 연주하는 장면에선 시쳇말로 '엄친아'에게서 느끼는 단절의 벽을 느꼈다. 「출동 에어울프」는 나에게 얼마간의 용돈도 벌어 주었는데, 어릴 적부터 그림에 소질이 있었던 나는 에어울프의 설계도를 그려서 동무들에게 장당 30원씩 팔았던 것이다. 정말이지 불티나게 팔렸고 나는 고객감사 이벤트 차원에서 '키
트'를 덤으로 그려 주기도
했는데 이 비즈니스 모델
은 훗날 '짝퉁 회수권 사
업'으로 발전한다. (여담
이지만, 당시 회당 수십만
불의 개런티를 받으며 잘나
가던 '호크'는 이후 마약과 알코올 중독, 교통사고 등으로 지금
은 한쪽 다리를 절단한 채 궁핍하게 살고 있다고 한다. 인생이
란 정말이지 새옹지마인 것 같다.)

이 무렵을 회상하면, 지금은 사취를 감춘 건전가요^{세로18}
얘기를 안 할 수가 없다. 초등학교 6학년 때 발매된 두 장
의 명반 〈이문세4집〉과 〈유재하1집〉^{가로32}에도 거머리처럼
건전가요가 붙어 있었다. 이 망할 건전가요를 피해가려면
"이대로 떠나야만 하는가, 너는 무슨 말을 했던가"가 페이
드아웃될 때 미리부터 테이프 돌려 꽂을 준비를 해야 했으
며, 유재하의 우아한 현악3중주가 끝나고 깊은 여운이 가
시기도 전에 부리나케 Fast Forward 버튼을 눌러야 했다.
방심하면 그 즉시 '어허야 둥기둥기' '밝아오는 새 아침의
힘찬 발걸음'의 기습을 당하고 마는 것이었다.

노는 게 남는 거야

나에겐 불알친구가 둘이 있다(불알친구는 반드시 둘이어야 한다!). 35년지기 민수와 30년지기 원형,[세로1] 이 두 녀석이 없었다면 초중등 시절은 민방위훈련만큼 지루했을 게 분명하다. 우린 밖에서 뛰어놀기 좋아하던 또래 아이들과는 달리 서로의 집을 순회하며 주로 방구석에서 놀았다. 셋의 집을 지도에서 이으면 한 변을 200미터로 하는 버뮤다 삼각지대가 그려지는데 우린 어지간 해선 이 삼각형을 벗어나지 않았다. 민수네 집은 당시엔 흔치 않은 '맞벌이' 가정이었던 덕분에 언제나 간식과 장난감이 가득했다. 냉장고엔 초코우유와 야쿠르트 따위의 먹거리가 즐비했고 석배형의 서랍에선 신기한 장난감과 수집품이 끊임없이 나왔다. 원형이네 집은 내가 찰리 채플린과 번스타인, 8비트 컴퓨터게임기와 VCR을 처음 만난 곳이다. 화가인 아버님의 남다른 예술 취향 덕분에 희귀한 멀티미디어 시스템이 들어차 있어 가뜩이나 좁은 한옥집이 더욱 비좁게 느껴졌다.

우리집은 해외 출장이 잦은 아버지와 두 명의 대학생 형이 있었던 까닭에 지적 호기심을 자극하는 물건들이 많았다. 그 중 가장 인기있던 아이템은 바로 스크래블과 모노폴리. 그때나 지금이나 세계적으로 가장 유명한 보드게임인데 당시 우리나라에선 무척 희귀한 아이템이었다. 전부 영어로 되어 있을 뿐 아니라 스크래블의 경우는 아예 영어 단어를 겨루는 게임이었으니 한국의 아이들이 좋아할 리 없었다. 좀 산다는 집 자제들은 모두 소장하고 있던 '부루마블'의 원조가 바로 모노폴리인데 우린 부루마블 하는 아이들을 보면서 내심 우월의식을 느끼기도 했던 것 같다. '세인트 제임스 애비뉴'가 어디 있는지, 'Income Tax Refund'가 무슨 뜻인지도 모르는 주제에 우린 1만 시간 이상 모노폴리와 스크래블을 하고 놀았다.

그로부터 30년 후, 하나는 과학고와 서울대를 거쳐 대기업 연구원이 되었고 또 하나는 구글, 야후 등 글로벌 기업을 섭렵했으며 다른 하나는 재무컨설턴트를 거쳐 강남에서 커피숍 사장을 하고 있으니 우린 스크래블이라는 원어민 영어교사와 모노폴리라는 미시경제학 입문서를 통해 의도치 않은 선행학습을 한 셈이다. 노는 게 남는 거 맞다.

나 어릴 때 우울해지면 울아버지 슬며시 내게 오셔
내 어깨를 두드리면서 해주시던 말씀이 있지
항상 실망할 필요 없어
너무 많은 꿈들이 네 앞에 있는 것
중요한 그날이 올 걸 기다리며 마음을 편하게 가져
노는 게 남는 거야
어렸을 때 뛰어놀아라 튼튼해지도록

젊었을 땐 나가 놀아라 신나게

… (후략)…

〈더 클래식〉의 노래 「노는 게 남는거야」는 '여유^{가로21}
없이는 자유도 없다'는 내 인생관을 잘 담고 있다. 초등학
교 5학년 때까지 나에게 공부하라고 주문하는 사람은 학
교 선생님들밖에 없었다. 심지어 아침밥 먹다가 학교 가기
싫어서 꾀병을 부릴라치면 아버지는 반드시 집에서 쉬게
하셨다. 그저 'early to bed, early to rise'만을 소박하게 바
라셨던 아버지, 막둥이는 뭐든 알아서 할 거라고 방목하신
어머니, 그리고 막냇동생을 그저 귀엽지만 성가신 존재 정
도로 여긴 듯한 형들, 하나뿐인 동생이 무슨 짓을 하든 예
뻐하고 자랑스러워 해주던 누이까지 그 누구도 나에게 공
부에 대한 부담을 주지 않았다.

그렇게 뽀로로와 그의 친구들처럼 무작정 놀기만 하다
초등학교 6학년 때 김병윤 담임선생님을 만났다. 매년 스
승^{세로17}의 날에 내가 유일하게 떠올리고 감사드리는 은사
이신 이 분은 "공부하는 게 남는 거다"라는 흔한 직구 대신
교묘한 유인구^{세로32}로 나에게 학구열을 심어 주셨다. 공부
가 말뚝박기나 구슬치기보다 재밌을 수도 있다는 걸 퀴즈
를 통해 알려 주신 거다. 생애 처음이자 마지막으로 전교 1
등이란 걸 해본 것도, 퀴즈광이 된 것도, 마침내 용케 대학

에 입학한 것도 일찍이 '넛지'(nudge)의 위력을 알고 계셨던 게 분명한 이 분의 덕이다. 감사합니다. 김병윤 선생님.

학교가 싫었던 교회오빠

초등학교 졸업을 앞두고 우리반 동무들에게 '어느 중학교에 가게 될까' '혹시 남녀공학?' 같은 설렘 따윈 일절 없었다. 당시 우리 학군의 중학교 배정 '뻉뻉이' 알고리즘은 삼선초등학교 남자애들의 95% 이상이 홍익사대부중에 배정되게끔 정해져 있었고 우린 이미 그 운명의 신탁을 받아들이고 있었다(선택의 여지 없이 입학한 중학교에서 처음 만난 담임선생님의 성함은 아이러니컬하게도 '김선택'이었다).

삼선교 나폴레옹제과점에서 성북동 쪽으로 내달리다 신속배달 중국집 만리장성**세로12**을 끼고 우회전하면 보기만 해도 숨이 턱, 막히는 오르막길이 하나 나오는데(학교 설립자께서 '북한산, 그 장엄한 줄기에' 터 닦으실 적에 학생들의 폐활량과 하체근력 배양을 위해 부러 험난하게 설계한 코스임이 분명하다!) 여기를 허겁지겁 뛰어 올라가면 학생주임 선생의 굵직한 곤봉('사랑의 매'라고는 하나, 그것은 '동그란 세모'와 같은 형용모순일 뿐)과 다섯바퀴 고속조깅용 트랙이 기다린다.

그로부터 3년을 그곳에서 힘겹게 복역한 후 졸업을 앞

둔 90년 겨울 우리들은 내심 고등학교만큼은 혜화로터리
에 있는 동성고등학교에 배정될 수도 있지 않을까 하는 근
거 없는 희망을 품었더랬다. 아이돌풍의 넥타이 교복^{가로3}을
입은 형들이 들락거리던 그 학교는 당시만 해도 그 일대
중3들에겐 동경의 대상이었다(동성고를 다니던 친구의 증언
에 따르면, 그 학교엔 학생들을 위한 흡연실도 있었다고 한다).

하지만 슬픈 예감은 틀리는 법이 없다. 마치 열역학법
칙처럼 우리들의 대부분은 또다시 홍익사대부고에 배정받
게 된다. 그렇다. 홍익사대부중에서 오르막을 한번 더 올라
가면 있는 학교이다. 등굣길의 기울기만큼이나 한숨을 자
아내는 디자인의 여름 교복은 옅은 하늘색의 촘촘한 체크

무늬였던 까닭에, 내 앞자리 동
무였던 '싸이판'^{세로30}의 등짝엔
오목 기보가 몇 개 그려져 있었
다. (미안하다 창훈아. 너의 맵시
를 위해 단조로운 패턴에 포인트
를 준 거라구!)

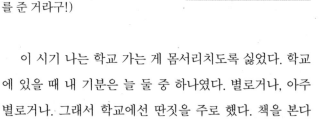

이 시기 나는 학교 가는 게 몸서리치도록 싫었다. 학교
에 있을 때 내 기분은 늘 둘 중 하나였다. 별로거나, 아주
별로거나. 그래서 학교에선 딴짓을 주로 했다. 책을 본다
든가 그림을 그린다든가 잠을 잔다든가 하는 것들 말이다.

『나관중의 삼국지』, 『고우영의 삼국지』, 『소설 동의보감』, 『닥터스』,세로24 『천국의 열쇠』, 『장미의 이름』을 모두 수업시간에 읽었다.

대신 엄마 뱃속부터 다녔던 교회에 내 학창시절을 올인가로35했다. 부모님은 우리 5남매에게 학교는 몰라도 교회 출석만큼은 엄격하게 강제하셨기에 나 역시 형들처럼 교회에서 태어나 자라고 먹고 뛰어놀았다. 친구들이 「한지붕 세가족」 보면서 '짜파게티 요리사'가 되던 일요일 아침, 나는 온종일 교회에 있었다. 새해 떡국세로19도 늘 교회에서 먹었고 대부분의 빨간날엔 교회에 있었다. 친형들이 복음성가세로4 반주하는 걸 어깨 너머로 보면서 중3때 이미 통기타와 피아노를 마스터한 나는 전형적인 '교회오빠'의 프리미엄을 누렸다. 지금은 불타 없어진, 삼선교 돌산 위 하늘빛 돈암동교회를 떠올리면 지금도 콧날이 시큰하다.

내 인생의 벨 에포크

거리마다 미스터 투의 「하얀겨울」세로26이 끊이질 않던 1993년 겨울 나의 학창시절은 끝났고 마로니에의 「칵테일 사랑」이 어디서든 울려퍼지던 1994년 봄 새로운 입시제도의 구원에 힘입어 운좋게 대학에 첫 발을 들인다. 드라마 「응답하라 1994」에 완벽히 고증된바, 94학번인 내가 대학 생활하던 당시는 대한민국 역사에서 가장 풍요로웠던 '벨 에포크'가 아닐까 싶다.

　몇해 뒤 IMF라는 타나토스가 대낮을 들고 서있을 줄은 꿈에도 몰랐던 우리 'X세대'들은 아르바이트로 번 돈, 교재비나 토익시험비 등으로 받아낸 돈, 고향에서 부쳐 주신 하숙비 따위를 모조리 음주가무[가로5]와 당구장에 털어넣었다. 나의 동선은 강의실, 도서관, 어학원이 아니라 과방, 잔디밭, 노천극장, 학사당구장, 유달산곱창, 여백[가로21] 따위였다. 석양이 지기도 전부터 시작한 술자리는 막차시간까지 이어졌고, 기어이 막차시간을 놓친 후에는 좀 더 편안한 마음으로 동트는 새벽까지 술을 마시곤 했다. 그것만이 고단한 입시를 치른 자신에 대한 예의요 보상이었다. 머잖아 군대에 끌려가기 전까지 필사적으로 놀고 마시고 노래하고 춤추고 사랑해야겠다는 본능적인 강박이었을지도 모르겠다. 고등학교 시절 그토록 더디던 시간은 너무도 빠르게 흘러만 갔다. 그리고 입영통지서. 지구 일곱 바퀴를 돌린다는 11사단에서 내 젊음은 잠시 숨을 고른다.

　제대하고 나니 먼저 제대한 동기들은 하나 같이 〈스타크래프트〉라는 PC방 게임에 영혼을 반쯤 내어주고 있었다. 예전엔 한번 시작되면 다음날 새벽은 돼야 정리되던 술자리가 이 저주받을 게임 때문에 초저녁에 끝나 버렸다. 나는 그 게임이 싫었다. 술자리가 채 무르익기도 전에 그들이 은밀하게 주고 받는 눈빛이 싫었다. (하지만 몇 년 후 나는 임요환, 최연성, 김성제 등 세계적인 프로게이머들과 함께 스타크래프트를 소재로 한 음반 제작에 관여하게 되면서 마니아가 되고 만다. 거듭 얘기하지만, 인생이란 새옹지마다.)

본의 아니게 혼자 놀게 된 나는 인터넷이라는 신세계에 매료됐다. 그러다 어느날, 〈딴지일보〉라는 사이트를 발견하고는 무릎을 쳤다. 다른 신방과 동기들처럼 언론사를 꿈꾸긴 했지만 언론고시 준비할 엄두는 나지 않던 나에게 딴지일보는 현실적이면서 이상적인 언론이었다. 며칠을 키득거리며 기사를 읽다가 독자 게시판에 글을 하나 썼는데 얼마 후 '딴지 총수'라는 자에게서 막말 기득한 메일이 날아왔다. 수습기자로 임명하니 '반항하지 말고 데뷔 기사 쌔우라'는 내용이었다. '똥꼬 깊숙이 평안을'이라는 끝인사와 함께. 하지만 미적대다가 잊혀지고 말았다. 지금도 가끔, 그때 만약 딴지일보 기자가 되었다면 지금 난 뭘하고 있을까 상상해 본다.

군대 가기 전 말아먹었던 학점을 수습하기 위해 난생처음 열심히 학교를 다니던 나는 저녁이 되면 대학로를 향했고, 막내형이 운영하던 '데스페라도'라는 바에서 막내형의 지인들과 어울렸다. 그러다가 그 중 한 아이가 눈에 들어

오기 시작했다. 「건축학개론」에 나오는 수지^{세로10}보다 예쁜데 나보다 똑똑한 아이였다.

연애란 걸 제대로 해본 적이 없는 내가 할 수 있는 건 매일 그녀 근처를 어슬렁거리는 것밖에 없었다. 그런데 그 아이도 내가 싫지 않았던 모양인지 매일 나타나 주었다. 둘은 기나긴 썸을 탄 끝에 11월 어느날 로라 피지가 "I love you for a sentimental reason"을 뇌까리는 세종문화회관 객석에서 전류를 교환한다. 그들은 그 이후로 17년째 연애하고 있다. (스타크래프트가 아니었다면 나는 늘 학교 앞 술집이나 전전했을 거고 그랬다면⋯ 다시 한번 얘기하지만, 인생이란 새옹지마다.)

이듬해 여름 그녀가 혼자 유럽 배낭여행을 떠나겠다고 하자 나는 뒷감당 같은 건 생각지도 않고 무조건 따라나서겠다고 말해 버렸다. 온실 속 화초처럼 철없는 막내로 자란 내가 과연 그녀를 평생 지킬^{가로11} 수 있을 것인가를 실험해 보려는 의도도 있었고, 당시 유럽의 야간열차나 골목엔 소매치기와 강도가 배낭여행객을 노린다는 소문이 적잖이 신경 쓰이기도 했다. 그녀와 그녀의 가족들은 환영했지만 우리집의 여론은 그닥 좋지 않았다. 당시 시대 정서에 비춰 볼 때 미혼 남녀가 한달이 넘는 해외여행을 한다는 것 자체가 무리수였기 때문이다. 하지만 막내아들의 여자친구를 노골적으로 맘에 들어하시던 아버지가 마침 제

네바에 출장중이셨고, 늘 내편이 되어 주던 막내형과 엄마가 암묵적인 응원을 보내 준 덕분에 일단 무작정 출발^{세로2}하기로 했다.

난생처음 느껴 보는 긴장 속에서 한달간 유럽을 남루하게 유랑했다. 암스테르담 스히폴 공항에서 카메라를 분실, 뜻하지 않은 큰 지출이 발생하는 바람에 시작부터 가난했던 여행. 하지만 기차역에서 잠을 자고 길거리에서 싸구려 크로아상으로 끼니를 때우면서 눈에 담은 유럽은 마치 고흐^{가로22}의 그림 속을 유영하는 듯한 벅찬 감격을 선물로 돌려주었다. 중세의 풍광을 그대로 간직한 프라하,^{세로31} 시청 광장 분수쇼를 보며 관광객들에게 생일 축하를 받았던 바르셀로나, 19세기 인상파 화가들의 무도회가 펼쳐지던 오르세 미술관, 아내가 '스탕달신드롬'을 경험한 시스티나 성당의 프레스코 천장화(미켈란젤로의 「최후의 심판」을 보자마자 눈물을 흘리며 혼미해진 그녀는 결국 내 품에 기대서 작품을 감상했다) 등 유럽은 일생동안 못 갔으면 못 갔지 절대로 한 번만 갈 수는 없는 곳 같다. 언제 다시 가 볼 수 있으려나.

노는 게 인생이야

밀레니엄의 시작과 더불어 닷컴 버블의 암운이 짙게 드리우던 2001년, 내가 입사한 첫 직장은 아이러니컬하게도 인터넷광고회사였다. 당시 '야후'와 함께 가까스로 닷컴 붕괴에서 살아남은 '더블클릭'의 한국 내 조인트벤처였던 '더블클릭코리아'다. 외국계 B2B IT회사라니. 지금은 가장 핫한 직장이겠지만 당시에는 생소하다 못해 '듣보잡' 소리를 듣기 십상이던 분야였다. 명함을 받은 어떤 동기 녀석은 PC방에 취업했냐고 놀리기까지 했으니까. 아내의 강권에 떠밀려 하는 수 없이 지원한 회사였다. 당시 입사할 때 제출한 이력서는 자기소개서 포함해서 고작A4 1장짜리였는데, 뭐라고 썼는지 기억조차 없고 다만 제목은 어떤 소설의 제목을 패러디한 거였다는 기억만 있다(지금 이 글을 제외하면, 지금까지 내가 써본 유일한 자기소개서다).

어찌된 영문인지 난 그 회사의 유일한 공채사원으로 입사했다. 어차피 누구에게나 생소한 비즈니스이니 우리나라에서 제일 잘하는 선수가 되자는 목표를 세웠고 신혼 생활까지 희생해 가며 열심히 일을 했다. 남들과 겨룰 수 있는 변변한 스펙 하나 없었기에 젊은 날의 아버지가 그러셨던 것처럼 '어제의 나'와 끊임 없이 싸우는 길을 택했던 것이다. 그 결과 6년 뒤 믿을 수 없는 일이 벌어졌다. 세칭 신의 직장이라는 구글^{가로33}로부터 인터뷰 제의가 왔고 남들은 1년이 걸린다는 지옥의 인터뷰를 단 하루 만에 해치우고 입사한 것이다. 하버드, 스탠퍼드, 서울대 출신의 엄친아가 바글대는 세계 최고의 직장에 토익시험 한 번 보지 않은 내가 무혈 입성한 건 관노 출신의 장영실이 세종에게 발탁된 대이변에 비견할 만한 일이었다.

전세계가 '밀레니엄 버그'에 대한 두려움 속에 맞이했지만 막상 별다른 충격 없이 싱겁게 시작한 2001년은 나에겐 개인적으로 참 많은 일이 일어난 한 해였다. 아무런 준비 없이 졸업하고 취업하고 결혼하고 아기까지 가졌으니 마냥 철부지었던 나야말로 '밀레니엄 쇼크'에 직면한 셈이었다. 내가 얼마나 준비가 없었는지를 단적으로 보여 준 사건이 바로 결혼이다. 천 장이 넘게 찍어 둔 청첩장을 미처 돌리지도 못한 채 맞이한 —남의 결혼식도 아닌—나의 결혼식에 지각을 하고 만 것이다.

하객의 대부분이 입장한 시점, 그것도 닦지 않은 헌 구두를 신고 느긋하게 식장에 도착한 나를 본 가족들과 가까운 지인들은 평소의 내 캐릭터를 잘 알고 있었기에 결코 놀라지 않았다. 때마침 피앙세를 데리고 식장에 도착하다 이 얼빠진 상황을 목격한 대학동기 연수 녀석은 군말 없이 새 구두를 벗어 주었고 나는 마치 혼자 온 하객처럼 입장했다. 전날 술을 마셨다거나 잠을 뒤척였다거나 한 것도 아니다. 수능 전날, 입대 전날 그랬듯 토토의 〈Fahrenheit〉 CD 9번 트랙 「리아」^{가로13}를 무한반복시켜 놓고 편안하게 일찍 잠들었던 것 같다. (그러고 보니 훈련소 입소하던 날도 지각하는 바람에 준비해 간 점심도시락을 못 먹었다.)

첫 회사는 강남역 사거리 핫코너에 있었다. 당시만 해도 흔치 않던 스타벅스가 있던 바로 그 건물이다. 커피 킬러세로15였던 나는 덕분에 매일 최소 다섯 잔 이상의 커피를 마셨다. 강남역에서 강남대로를 타고 신사동으로 가다 보면 지금은 폐관된 뤼미에르세로28라는 영화관이 나오는데 바로 나의 농땡이 전용 극장이었다. '예술영화관'의 이미지가 강했던 까닭인지 최신개봉영화를 보러 가도 관객이 거의 없었고 어쩔 땐 나 혼자이기도 해서 참 좋았다. 커피와 영화관은 내 캐릭터의 전부라고 할 수 있는 '여유'의 다른 이름이다. 매일같이 맛있는 커피를 내려 마시고 일주일에 한두 번쯤 가까운 영화관을 들를 수 있는 여유만 있다면 제법 괜찮은 인생을 사는 거라 생각한다.

꼭 무엇을 이뤄야 제대로 산 인생일까. 나는 그저 실컷 놀다 가는 게 제대로 산 인생이라고 생각한다. '노는 것'이 나에게 중요한 이유는 그게 나에게 살아 있음을 느끼게 해주기 때문이다. 무엇을 이루기 위해 제대로 놀지 못하기보다는 실컷 놀다 보니 뭔가가 이뤄지는 인생이 재미있지 않을까. 그런 점에서 숨막히는 일터로 나가기 위해 혹은 일터에서 받은 스트레스를 풀기 위해 틈날 때마다 필사적으로 노는 현대인들의 풍경은 참으로 씁쓸하다. 본래 노는 걸 좋아하는 우리가(호모 루덴스) 떠돌고(호모 노마드) 생각하면서(호모 사피엔스) 죽어라 일하는(호모 파베르) 것도 결국 누구의 훼방도 받지 않고 먹고사는 걱정 없이 실컷 놀기 위함 아니던가.

일찍이 러스킨[가로16]은 "노력에 대한 가장 값진 보상은 노력 끝에 얻는 대가가 아니라 그 과정을 통해 만들어지는 우리들의 모습이다(The highest reward for a person's toil is not what they get from it, but what they become by it)" 라는 근사한 경구로 이를 역설한 바 있다. 나는 놀기 위해 일하고, 놀듯이 일한다. 그래야 나중에 자의든 타의든 놀게 될 때 제대로 실컷 놀 수 있으니까.

아직 나는 제대로 놀진 못하고 있다. 미래는 불투명하고 뾰족한 수도 보이지 않아 더러 조바심이 나기도 한다. 하지만 그럴 때마다 내가 좋아하는 역사 속 '슬로 스타터'들을 떠올린다. 율리우스 카이사르[가로29]가 본격적인 정계 데뷔를 했던 때도, 존 러스킨이 베스트셀러를 내놓으며 이름을 떨치기 시작한 때도, 유비가 삼고초려 끝에 제갈량을 얻은 때도 딱 지금의 내 나이였다. 나도 그들처럼 이제 슬

슬 제대로 놀아 볼 때가 온 것이다. 이뤄 놓은 것도 없다면서 어떻게 놀 거냐고?

글쎄, ^{세로34} 놀다 보면 어떻게 되겠지.

▶정답확인

원¹	정²	출	산		원²³		고²²	호		닥²⁴
형		발		떡¹⁹		여²¹	백			터
			건¹⁸	국²⁰	우	유		웨²⁵	하²⁶	스
교³	복⁴		전		표		뤼²⁸		안	
	음⁵	주	가	무			미		겨	
오⁶	성		요		싸³⁰		에²⁷	어	울³¹	프
	가⁷	보⁸		카²⁹	이	사	르			라
만¹²		약⁹	수¹⁰		판			유³²	재	하
리¹³	아		지¹¹	킬¹⁵			올³⁵	인		
장			러¹⁶	스	킨¹⁷		구³³	글³⁴		
성¹⁴	지	약	국		승			쎄		

나의 영웅담

김
미
라

김미라

대한민국 땅에서 태어났지만 어린 시절은 인도에서 자랐다. 히말라야 산맥에서 기숙사 학교를 다니다가 미로처럼 숨겨진 지하 도서관을 발견한 후, 영국 사람들이 두고 간 아득한 과거의 책들과 친숙해져 갔다. 이후 전공은 미술(디자인), 업은 영상(영화·광고)이었지만, 본질적인 의문에 시달리며 한때 신학교에 입학을 하기도, 수녀원에서 지내보기도 했다. 하지만 결국 책에 대한 향수에 이끌려, 유럽과 미국을 비롯한 미지의 나라를 떠돌아다니며 헌책방이나 과거 작가들의 흔적을 찾아다녔다. 그녀의 책 여행은 여전히 계속되고 있다.

10월 15일

나는 글을 쓰는 사람이다. 나는 왜 글을 쓰는 사람인 걸까. 내가 세상에 태어난 이유가 그렇듯, 따져 보자면 딱히 이유는 없다. 하지만 일생일대의 사명의식으로 쓰고 있다. 나는 죽음에 대해서 글을 쓴다. 어디까지나 살기 위해서이다.

죽음은 두려워할 것이 아니라고 에피쿠로스가 말했다. 쾌락주의자들이 하는 말이 대개가 그렇듯 순순히 믿기에는 의심스럽다. 아마도 에피쿠로스야말로 그 누구보다도 죽음을 견디지 못했던 사람이 아니었을까. 뭐, 그렇다고 내가 그의 이중성을 논하려는 건 아니다. 나 또한 그에 못지 않게 이중적이니까. 나는 양극단을 반복한다. 마치 그네를 타듯 반복을 오르내리며 도약의 반경을 가늠해 본다.

반복은 죽음 같다. 죽음의 결말은 매번 끝없는 결말로 끝난다는 결말. 나는 이런 반복이 싫다. 그래서 반복 없는 이중성을 곰곰이 고심한다. 이를테면 절망하지 않고 절망에 대해 글을 쓸 수 있다면 희망적일 수 있다.

나는 문을 닫고 골방에 앉아 있는 시간이 많다. 이따금씩 윙윙대며 무모하게 유리창에 머리를 부딪히는 파리들이 나의 사색에 방해를 놓지만 이에 아랑곳 않고 나는 목석처럼 가만히 앉아 이국의 땅으로 떠나는 꿈을 꾼다. 작은 방, 마을의 어귀, 항구, 바다, 폭풍, 저 멀리 보이는 신대륙, 그리고 신의 대륙. 그렇게 나는 오늘은 어제보다 얼마나 멀리 더 멀리 갈 수 있는지 시험해 보곤 한다. 대부분은 별다른 방해 없이 이어지는 꿈이지만 이따금씩 어지럽혀질 때도 있다. 누군가로 인해. 누군가 내 손에 닿는 사람, 누군가 나의 눈을 하고 있는 사람. 누군가 싶은 사람. 하지만 나는 그 누군가를 나의 골방에서 추방시켰다. 그런 면에서도 역시 나는 이중적인 셈이다.

나는 약간의 야망도 가지고 글을 쓴다. 정치적이라고도 할 수 있을 것이다. 하지만 그 야망이 발목을 붙잡지 않도록 아슬아슬하게 피하면서 접점을 찾으려고 한다. 예전에는 농사에 대해 시를 쓰기도 했지만 그러기에는 세상이 너무 흉흉하다. 정권의 몰락이나 내전의 소리를 듣게 되면 어차피 자연을 찬양하는 글 따원 힘이 빠져 버리게 마련이다. 대신 나의 글이 이 시대, 이 나라를 위해 쓰일 수 있다면, 차라리 그게 의미있는 일이라고 생각했다. 이런 향방 없는 시대일수록 사람들이 필요로 하는 건 바로 새로운 영웅일 테니까.

만성적으로 허약한 체질이라 그런지 애초부터 영웅의 이야기를 좋아했다. 그래서 침대에 누워 있는 많은 시간 동안 항해를 떠나는 아이네이스에 대한 서사시를 구상하며 보냈다. 어쩌면 그가 나처럼 여러모로 이중성을 지닌 인간이어서 그랬는지도 모른다. 일단 그의 태생부터가 이중적이었는데, 아버지는 트로이 왕족 안키세스요 어머니는 명성이 자자한 아프로디테 여신인 탓에, 그는 신이기도 인간이기도, 신과 인간 사이기도 했다.

영웅은 필연적으로 두 가지 갈등을 마주하게 된다. 여자와 원수. (때때로 그 둘은 크게 다르지 않기도 하다.) 아이네이스는 불타오르는 트로이에서 아내를 잃고 부상입은 아버지를 업은 채로 배를 탄다. 그러나 그를 없애기로 작정한 주노 여신은 폭풍우를 보내고, 파도에 휩쓸리던 아이네이스는 카르타고라는 나라에 표류하게 된다. 카르타고는 남편을 잃은 슬픔에서 헤어나오지 못한 디도 여왕이 다스리고 있었는데, 그녀는 미지의 땅에서 찾아온 이 용사를 보게 된다. 전쟁의 고통과 사랑하는 이들을 잃은 상실감을 안고 묵묵히 함선을 수리하는 아이네이스를 향해 사랑을 감정을 느껴 버린 여왕. 이때를 놓치지 않고 주노 여신은 아이네이스의 발목을 잡으려는 계략을 세운다. 어느 화창

한 날, 두 사람이 숲으로 사냥을 떠나자 주노는 돌연 천둥을 동반한 비바람을 보내어 단둘이 동굴로 피신할 수밖에 없는 상황을 조장한다. 그 이후의 일은, 뭐 마찬가지로 자연의 섭리대로 흘러간다.

동굴에서 나온 여왕과 이방인이 세상만사를 뒤로한 채 서로에게 빠져 있다는 소문은 날개를 타고 카르타고 전역에 퍼져 나간다. 이렇게 해피엔딩인가. 연인이 된 두 사람은 꿈을 꾸듯 둘만의 보금자리를 건축하고 기쁨의 축제의 나날을 보내지만, 때이른 행복은 아무래도 영웅에게 어울리지 않는 법. 이를 지켜보다 못한 주피터 신이 아이네이스를 찾아간다. 그러고는 본연의 사명을 상기시키고 한눈판 것을 책망한다. 아이네이스는, 결국 해야 할 일이 남아 있는 영웅이었던 것이다. 주피터의 방문으로 다시 한번 정신을 추스리긴 했지만 기대감에 부푼 연인을 두고 떠날 생각을 하니 난감한 아이네이스. 서둘러 떠날 채비를 하다가 들켜 버렸고 이별을 예감한 여왕은 그에게 애절한 만류에서부터 저주에 가까운 협박까지 퍼붓는다. 그러나 완수해야 하는 신탁이 남아 있는 한 영웅은 떠날 수밖에 없으니, 그렇게 아이네이스는 가차없이 떠나고 아폴론의 무녀 시빌의 인도를 받아 살아서 죽음의 나라로 들어간다. 그곳에서 그는 저승으로 먼저 간 아버지를 만나 훗날 자신이 건

설해야 할 로마 국가의 미래를 듣는다.

이미, 미래는 예견되어 있었다. 아이네이스는 철천지 원수인 투르누스와 대결할 것이며 그를 처치하고 난 후 그의 약혼녀이자 라티움의 공주인 라비니아와 결혼을 할 것이다. 그리고 신탁대로 그녀와 함께 로마 남부에 새로운 도시를 건설할 것이다.

그러나 어떤 이유에선지 이 서사시가 마무리 단계에 이를 무렵 소화불량과 두통이 잦아졌다. 아무래도 모를 결말 때문이었을까. 아이네이스를 둘러싸고 일어나는 희생 때문이었을까. 실연을 당한 그의 연인 디도는 스스로 불 속에 몸을 던져 목숨을 끊었으며, 그에 대항하던 투르누스 또한 자비를 구했으나 아이네이스는 복수를 선택했다. 순간 불쌍한 마음이 스치고 지나갔지만 동료 팔라스의 검대가 투르누스에게 전리품으로 걸려 있는 것을 본 그는 단번에 칼을 휘두른다. 그리고 제12장, 결투 장면을 묘사해 나가던 나는 "투르누스의 생명은 절규하며 분노하며 그림자 속으로 달아났다"는 문장을 썼다. 그런데 어떤 이유인지 이후로 더 이상 나아갈 수가 없었다. 며칠 밤을 책상 앞에 앉아 있어도 달라지는 건 없었다. 높게 쌓인 책들 사이를 서성이며 나는 생각했다. 투르누스는 과연 어떤 그림자 속으로 달아난 걸까. 어쩌면 그 그림자는 평생 아이네이스의 뒤를 따라다니지 않았을까.

복수에 복수가 거듭되고 죽음에 죽음이 난무한다면, 이 승리는 과연 승리일 수 있을까. 점차 나는 지난 십일 년을 쏟아 그려낸 이 영웅의 승리를 의심하게 되었고, 그 결론에 안착할 수 없어 급기야는 골방에서 뛰쳐 나왔다. 마치 오래된 신화의 저주처럼 나는 그리스로 떠나는 배를 탔고 지독한 뱃멀미에 구토를 해대며 누군가 와줄 것처럼 난간을 세게 붙들었다. 하지만 안타깝게도 시간은 많지 않았다. 원고를 수정할 시간은 이제 코앞에 닥쳐왔지만 결말 모를 결말은 나를 초조하게 했다.

아니, 사실 나는 결말을 이미 알고 있었던 건지도 모른다. 여전히 그림자에 멈춘 채로 이 원고는 아우구스티누스 황제에게 바쳐질 테고, 그는 이 이야기를 로마 전역에 퍼트릴 것이다. 이로써 그가 저질렀던 무고한 죽음들은 슬그머니 가려질 것이고 그 위로 로마의 기초를 세우는 황제의 영광이 화려해질 것이다. 결국 나의 글은 황제의 정치를 미화하기 위한 신화일 뿐이고, 이제와서 그것을 바꾸기에는 이미 늦었다고 생각하며, 나는 또다시 일렁이는 바다를 향해 구토를 쏟아냈다. 열이 올라오는 것을 느끼며, 내가 서 있는 곳을 가늠해 보았다. 나는 지금 어디에 있는 걸까.

고개를 저었다. 항로를 바꿀 수는 없는 걸까. 지금이라도…

절박한 마음에 나는 서둘러 펜을 꺼냈고 새로운 결말을 써 내려가기 시작했다. 그리고 그날 밤 친구 바리우스에게 부탁했다. 만일 내게 무슨 일이 생긴다면 이전에 쓴 그 원고는 불태워 달라고. 그런데,

10월 15일

또다시,

눈을 떴을 때, 어김없이 떠오르는 태양은 나 또한 영원한 아침을 맞을 것 같은 착각을 되풀이하게 만든다. 하지만 저 태양과는 달리 나의 시간은 가차없이 흐르고 결말은 여전히 완고하다. 불행히도 자신의 죽음을 미리 아는 인간은 지금까지 자신의 운명에 저항하기 위해 갖가지 방법을 시도해 왔다. 술에 취하거나, 벼랑 끝에서 뛰어내리거나, 사랑에 빠지거나……. 하지만 (그럼에도 여전히 살아 있다면) 결국에는 한 가지로 귀결된다. 신의 이름을 부르고 종교적인 삶을 수행하고 미래에 대해 막연한 믿음을 갖는 것. 이는 물론 인간이라면 다다를 수 있는 숭고의 정점이며 불안의 종착지겠으나 문제가 하나 있다면, 신이 부재중

이라는 사실. 그러나 정작 그 중요한 사실을 모른 채로 세상은 천상의 기묘한 환각 속에 빠져 있었다.

어쩌면 내가 누구보다도 일찌감치 이 사실을 눈치챌 수 있던 이유는 내 아버지가 목사였고, 내 아버지의 아버지 또한 목사였다는 가정환경도 한몫을 했을 것이다. 아버지가 돌아가셨을 때 나의 나이는 불과 네 살이었지만, 불과라 할 수 없을 만큼이나 아버지의 얼굴은 생생하다. 어두운 촛불 사이로 어른거리던 일그러지고 굳어진 얼굴, 소리 없이 꿈틀대는 굳은 혀는 아직까지도 나의 밤을 불안으로 몰아넣는다. 만일 아버지의 고통스러운 외침이 어두운 꿈이 되고 말았다면, 어머니가 검은 상복을 벗기도 전 나의 작은 동생 요제프가 죽었을 때, 허우적대던 그 앙증맞은 팔다리를 멈추고 땅 속으로 들어갔을 때의 일은, 꿈에서조차 나타나지 않는다. 요제프의 얼굴은 희미하지만 그 이름은 매번 나의 심장을 멈추고 머리를 마비시킨다.

죽음은 종교인이라고 해서 결코 여분의 자비를 베푸는 법이 없다. 목사의 딸이었으며 목사와 결혼했지만 스물세 살에 과부가 되고 스물네 살에 자식을 묻어야 했던 내 어머니야말로 이 사실을 누구보다도 명백히 증명해 보일 수 있을 것이다. 어머니의 입술은 언제나 굳게 닫혀 있었다. 젊은 여자라기보다도 어린 여자였던 나이에 이미 사랑을

총체적으로 포기했으므로 미래에 대한 기대감도 없었을 것이다. 나는 벽지가 누렇게 바래 가는 집안에서 할머니와 두 명의 고모, 그리고 여동생 사이에서 매일매일 조금씩 죽어 가는 어머니의 뒷모습을 보았다.

그런 어머니의 마른 어깨에 더 이상의 무게를 얹을 수 없던 나는 대부분 조용히 지냈고 생각은 종이에만 옮긴 후 찢어 버렸다. 하지만 끝내 나는 어머니가 지탱하고 있던 그 세상을 지켜 줄 수가 없었다. 유일한 아들이었으며 유일한 희망이었던 나의 배신으로 인해 어머니는 그 자리에서 무너져 내렸지만 이때만큼은 나도 한 발짝도 물러설 수가 없었다. 어머니의 소원대로 시작했던 신학 공부를 그만두었을 때였다. 어머니의 기대와는 반대로 신학 공부는 오히려 나로 하여금 신앙을 잃게 만들었다. 아니 신앙을 버릴 수 있는 근거를 신학을 통해 찾았다는 편이 맞을 것이다. 어머니가 붙들고 있는 세상은 어디까지나 허상이었지만, 공부를 할수록 그것은 현실조차도 병들게 만드는 독약이었음을 알았다. 교수들은 감히 신의 이름을 거들먹거리며 선악을 논하였으며, 죄가 무엇인지 알지 못하면서 나를 죄인으로 몰고 갔는데, 물론 나는 그런 거짓말에 동조할 마음은 없었다. 애걸을 하든, 강요를 하든, 나는 이 저주스러운 세습을 거부했다. 말했듯이 반복은 곧 죽음이니까.

그 대신 나는 나의 이중성을 다시 한번 더, 더욱 적극적으로 발휘하기로 했다. 나는 술에 취했다, 맨정신으로, 그리고 나는 벼랑 끝에서 뛰어내렸다, 털끝 하나 상하지 않고. 그러자 이 이중성이 점차 사람들로부터 나를 분리시켜 갔다. 그리하여 내가 가르치던 일을 그만두고 불현듯 이탈리아로 떠난다고 했을 때에도 나를 걱정해 주는 이는 하나도 없었다. 단 한 번, 내가 사랑이라 생각했던 여인은 있었다. 짙고 총명한 그녀의 눈동자를 보는 순간 그녀라면, 그녀라면 나의 고통을 이해해 줄 거라 믿었다. 어쩌면 정말로 그랬는지도 모른다. 어쩌면 그래서 그녀는 나를 거절했는지도 모른다.

매번 그렇게 혼자임을 확인했던 나는 등잔 밑에서 손을 비비며 새로운 영웅을 만들고 또 허물기를 되풀이했다. 그 일에 몰두할 때만큼은 외롭지 않았으며 서성대는 아버지와 요제프의 기억도 떨쳐낼 수 있었다. 어려서부터 어머니는 이들이 천국에 있다고 내게 말했지만, 어머니는 아마도 모를 것이다. 성당 벽에 조악하게 그려진 그곳은 내게 지옥보다도 소름끼치는 곳이라는 것을. 고통도 눈물도 없지만 출구 또한 없는 곳임을.

오히려 나는 고대 그리스 비극에 공감했다. 당시 영웅

들은 적어도 고통 없는 영광을 바랄 만큼 염치없지는 않았다. 셰익스피어를 즐겨 읽었던 이유 또한 단칼의 복수보다 고결한 고뇌를 감내할 줄 아는 햄릿 때문이었다. 하지만 어찌하여 시대는 이토록 퇴보하고 만 것인지, 천박의 끝자락까지 온 대중이 열광하는 영웅이란 바그너의 오페라처럼 과장된 몸짓의 연기자, 헤겔의 독단적인 장광설에 취해 있는 구원자였다. 물론 나는 이들이 허세로 치장했을 뿐 막상 허무함 앞에서는 누구보다도 먼저 달아날 자들임을 알았다.

그렇다면, 반대로 나의 영웅은 이들과는 달라야 한다. 그는 완벽하거나 이상적일 수는 없겠지만 적어도 현실적이어야 한다. 마치 논리적이지도 비논리적이지도 않은 횡설수설의 문체만이 시대의 역설을 대변할 수 있듯이, 그는 환상스러운 방식으로 현실을 폭로할 것이다.

만일 영웅이 몰락할 수 없는 것이라면 나는 얼마든지 몰락해 보이겠다고 다짐했다. 대중도 나를 버렸고, 사랑도 나를 버렸고, 아마 짐작컨대 신도 나를 버렸을 테지만, 그럼에도 나는 있는 그대로인 채의 나를 받아들일 것이며 이것이 어디까지나 나의 생인 것을 부정하지 않을 것임을. 분명, 진정한 영웅이라면 생이 고통스럽다 하여 피하지 않을 것이며 그렇게 해야 죽음 앞에서도 패하지 않을 것이다. 그래, 더 이상, 추상적으로 행복한 미래 따위는 꿈꾸지 말고 구체적으로 생생한 현재의 절망을 쓰자. 한번 써 보자. 그렇게 되뇌던 나는 누르고 있던 미간에서 손가락을 떼고 펜을 꺼내었다. 그리고 떨리는 손으로 써내려 가기 시작했다. 이 끔찍한 생이여 몇 번이라도 다시 오라,고.

그리고,

10월 15일

또다시,

눈을 떴는데, 주위가 고요했다. 하지만 그날따라 무언가 달라졌음을 직감할 수 있었다. 서늘해지기 시작한 가을의 바람이 나의 벗은 살갗을 스치고 지나갔고, 잠시 청명한 하늘을 바라보며 나는 혼란에 빠졌다. 그런데 순간, 으아아! 하는 요란한 울음소리가 귀청을 찔렀다. 대체 어디서… 하며 주위를 둘러보았는데, 그 울음의 출처는 다름 아닌, 바로 내 입에서였다.

매번의 추락이 애처로워 신들이 은혜를 베푼 것인지 아니면 내 오만함이 그들의 심기를 건드렸던 것인지, 어쨌든 이런 모습은, 모순이었다. 검은 머리카락에 검은 눈을 한 부모님도 예상치 않은 시기에 불쑥 세상에 나와 버린

갓난애를 난감하게 내려다보았다. 게다가 딸이라니, 그래도 첫딸은 살림에 보탬이 된다는 말로서 서로를 위로하고 있었으나 내가 듣기에도 그건 어디까지나 근거 없는 바람일 뿐이었다.

여전히, 가을 바람은 떠나고픈 갈망을 어김없이 일으켰으며 삶에 대한 지독한 의지는 다름이 없었다. 영광과 피가 뒤엉킨 고대 그리스와 혼란스럽게 거룩했던 독일 변혁 시대의 기억도 마찬가지였다. 다만 한 가지, 작은 동양 여자아이의 몸을 하고 태어났다는 사실. 그 사실이 내게는 신의 지독한 장난처럼 느껴졌다는 것이다.

양갈래 머리를 한 또래 여자아이들이 재잘대며 가위바위보로 편을 가를 때면 나는 맨 마지막에 남겨졌으며 사촌이란 작자는 나의 치마를 들추려 덤벼들었으니 그다지 수월한 어린시절이라 할 수는 없었다. 그렇다고 나이가 들면서 상황이 나아지는 것도 아니었다. 생존하기 위해 체득해야 하는 내숭, 멍청한 남자들의 음탕한 시선, 사랑받지 못할 거라는 협박, 총체적으로 여자라는 강박을 피해서 나는,

어둑한 지하 도서관을 떠돌아다니며 과거의 책들을 찾아다녔다. 내가 공감할 수 있는 문장들을 찾아내어 게걸스

레 눈에 담았다. 나에게는 현실보다도 더 현실적인 글들이 먼지 속에 묻혀 있었고 그것들을 발굴해 내는 작업만이 의미가 있게 여겨졌다. 창밖으로 꽃이 떨어지고 열매도 떨어지고 도서관 처마 아래 끌어안은 연인들마저 하얗게 눈으로 덮여 버렸던 어느 겨울 날, 나는 길게 드리워진 책장 아래에 서서 읽고 말았다. 베르길리우스의 아이네이스는 로마 황제 아우구스티누스에 의해 선동자료로 이용되었으며 니체의 차라투스트라는 히틀러의 정신이상에 불을 붙이고 말았다는, 책 이후의 이야기를.

한동안 나는 성공도 실패도 하지 못했던 이들 영웅 사이에 우두커니 앉아 있었다. 아득하게 오래전부터 나는, 애타게 영웅의 이름을 불렀다. 그가 나를 찾아와 주기를 간절히 기도했다. 그러나 이제 와서 그게 무슨 소용인가. 신화의 영웅도 죽었고, 종교의 영웅도 죽었다. 이 시점에서 새로운 영웅이 나타난다고 한들 무엇이 달라진단 말인가. 매번 그랬듯 사람들은 그를 광인으로 오인하여 돌을 던지거나, 아니면 그를 신으로 오해하고 우상화할 텐데.

그렇다면, 하고 나는 곰곰이 생각해 보았다. 그렇다면 이제 내가 뭘 할 수가 있는 걸까.

일단은 몇 가지가 떠올랐다. 방탕하게 방랑하기, 수녀가 되기, 그것도 아니라면 평범한 가정을 실습하기 등.

하지만 어떤 설정도 또다시 뻔한 거짓말이었다. 나의 의문에 답을 줄 수 없을 거라는 결말. 의미를 모른다면 난 이미 죽은 거나 마찬가진데⋯ 여전히 살아 있는 나는 어떻게 해야 하나. 어떻게 하면 지독한 이중성으로부터 벗어날 수 있는 걸까. 어떻게 하면 이 막다른 결말을 뚫고 나갈 수 있을 것인가, 어떻게 하면, 어떻게 하든, 일단 시작된 이 질문들은 어디론가 향해야만 했다. 그렇지 않고서는 단 한숨도 쉬지 못할 거라는 불길한 예감이 들었던 어느 정오에,

나는 자리에서 일어났다. 하이힐을 벗고 가방을 꾸렸다. 막연하긴 하지만 막연하게나마 어디로 가야 할지 알았다. 일단 베르길리우스가 미완의 원고를 남겼고, 니체가 발작으로 쓰러졌던 땅 이탈리아가 나의 첫 목적지였다. 발걸음이 조급해졌다. 서둘러 공항으로 향하면서 나는,

쓰고 있다. 시간이 얼마 없다. 사라져 버리지 않기 위해서라도 나는,

베르길리우스 BC 70년 10월 15일생

프리드리히 니체 1844년 10월 15일생

김미라 1981년 10월 15일생

역사적 자소서의 탄생
: My story, my history

이
정
상

이정상

중학 1학년. 10분 만에 써낸 불조심 표어가 서울지역 학생표어부문 장려상을 수
상하는 어처구니 없는 결과를 보고 스스로 글쓰기에 재능이 있다는 걸 알아차림.
학력고사를 앞두고 학교에서 니체의 「차라투스트라는 이렇게 말했다」를 읽고 있
던 중 담임 선생님한테 난데없이 뒤통수를 맞고 째려보자 담임선생님께서 의아
해하시며 내가 읽던 책의 제목을 보고 뻘쭘해 하던 고소한 기억이 있음.

이후 LGAd(현 HSAd)에서 대한항공, 나이키, LG전자, 한국관광공사 등의 담당 카
피라이터로 일함. 현재 대학, 기관 등에서 특강과 프리랜스 카피라이터 일을 하
고 있으며 시집 「카피라이터는 시를 써서는 안 된다」를 펴냈음.

자기소개서라는 역사서

난 자기소개서를 써 본 적이 없다. 광고를 배운 사설학원에서 운 좋게 수석으로 수료를 하고 학원의 소개로 다국적 광고회사에 가게 되었다. 채용을 위해 회사에서 내게 원한 것은 그저 캐주얼한 분위기의 면접이 전부였다. 이후 선배들의 제안으로 몇몇 다른 회사로 옮기면서도 이력서와 희망연봉만 제시했을 뿐 자기소개서는 써 보질 않았다.

20여 년 카피라이터로 일하다 보니 카피라이팅, 스토리텔링 등 글쓰기 관련 특강을 이곳 저곳에서 할 기회가 생겼고 학생들에게 자기소개서가 취업과 관련해 중요한 과제라는 것을 알게 되었다. 특강을 하다 보면 쉬는 시간이나 강의가 끝난 후 몇몇 학생들이 자신의 자기소개서를 들고와 평가를 해달라고 했다. 그런데 그들의 자기소개서는 판박이에 가까웠다. 마치 자기소개서는 정답이 있고 난 거기에 맞췄어요라는 듯. 이를테면 이런 식이다.

OO에서 근면하고 엄하신 아버지와 다정다감하고 알뜰하신 어머니의 첫째 아들로 태어난 저는 어릴 때부터 △△

에 관심이 많았습니다. 형제들과 우애가 깊었고 친구들과도 잘 어울리며 자란 저는 늘 아버지께 책임감을 배우고 어머니께 검소한 습관을 배웠습니다.

학생들 모두가 같은 아버지, 같은 어머니이고 같은 학교, 같은 친구들인가? 안타까웠다. 자기소개서마저 패턴화되어 있는 친구들. 사회에서 요구하는 규격에 스스로 모든 것을 맞추려 안간힘을 쓰고 있는 듯 보였다. 남들 하는 만큼 모든 것을 맞춰야 쓸모 있는 인간이 된다는 강박. 삶의 기준이 다른 사람들에게 맞춰져 있고 거기에서 튀거나 모자라면 어쩔 줄 모르는 어른아이 같았다.

카피라이터는 사실 글을 잘 쓰는 사람들은 아니다. 다만 반드시 자신의 글이 누구를 위한 것인지 알고 쓴다. 읽는 사람의 입장에서 글을 쓸 줄 안다는 것이다. 자기소개서도 마찬가지다. 자기소개서를 쓰는 사람이 있고 읽는 사람이 있다. 그렇다면 자기소개서의 독자는 누구인가? 제법 큰 회사라면 인사담당자일 것이고 규모가 작은 회사라면 대부분 회사의 사장이다. 자기소개서의 독자들은 상당히 많은 자기소개서를 접하게 된다. 즉 판박이처럼 규격화된 자기소개서에 신물이 나는 사람들이라는 것이다. 자기소개서를 통해 사람을 판단해서 채용을 하려는 독자에게 천편일률의 자기소개서는 천편일률의 사람으로 다가오고 무색무취의 인재로 받아들여진다. 이 글을 읽고 있는 그대가 만약 인사담당자 혹은 사장이라면 규격화된 자기소개서를 읽고 그 자기소개서를 쓴 누군가를 콕 집어낼 수 있을까? "이 친구야말로 우리 회사에 필요한 인재군. 독특한 아이디어와 발군의 추진력으로 우리 회사에 도움이 될 것 같아." 이럴 수 있을까?

그대는 그대다. 그 누군가의 삶과 비교해 낮다거나 모자라다거나를 평가할 수 없다. 그대의 아픔은 오직 그대만의 것이고 그대가 설레던 순간 또한 오로지 그대만의 기억이다. 그대라는 역사가 있기에 그대는 어떤 상황에 대해 감동받고 또 어떤 상황에서 분개하는 것이다. 그대라는 별은 태어나서 지금 여기까지 살아오는 동안 시간의 시험을 통과해 냈고 수많은 인연을 경험해 왔다. 그렇게 그대는 규격화된 자기소개서에 끼워 맞출 수 없는 위대한 존재다.

어떤 조직이든, 한 공장에서 생산된 로봇이 아닌 사람을 원한다. 아름다운 사람을 원한다. 특별한 사람을 원한다. 그러니 포털 사이트에 돌아다니는 자기소개서를 샘플로 몇 개의 단어만 바꿔 자신을 소개하지 않기 바란다. 세상에 단 하나뿐인 그대의 삶을 차분히 들여다보자. 그 안에서 희열과 열망 그리고 좌절했던 순간들을 하나 하나 풀어내 보자. 형식은 나중에 챙기자. 우선 그대의 삶에서 빛나던 순간들을 끄집어내 보는 거다. 기뻤던 순간도 슬펐던 순간도 그대를 존재하게 한 빛나는 순간들이다. 그렇게 반짝이는 재료들을 하나 하나 꿰는 거다. 자기소개서는 다름 아닌 역사서다. 그대라는 찬란한 역사다.

이미 밝혔지만 난 자기소개서를 쓴 적이 없다. 그런 내가 이제 와서 자기소개서를 쓴다. 내 자기소개서의 독자는 내가 사랑하는 사람이다. 내 삶에서 반짝이는 순간들을 보여 주려 한다. 내 역사를 받아달라 부탁하려 한다. 나의 역사와 그 사람의 역사를 합쳐 같이 써나가자고 말이다.

나의 삶은 찬란한 역사입니다

비가 온다고 일곱 살 사내 아이가 집에만 틀어박혀 있지는 않습니다. 골목마다 창문마다 기웃거리며 사고뭉치 녀석들을 불러모으죠. 비에 흠뻑 젖어도 추운 줄 모르고 다방구를 하고 숨바꼭질을 하고 남의 집 담벼락에 '오줌 높이 싸기'도 합니다. 다리에 6기통 엔진을 달았는지 지치지도 않고 하루 종일 달리고 또 달리다가 논이 펼쳐진 들판에 섰습니다. 거기서 머리털 나고 처음 거대하고 새로운 하늘을 봤습니다. 무지개.

황홀하다거나 예쁘다거나 하는 형용사로는 표현이 불가능했습니다. 압도. 그렇습니다. 하늘에 색색의 거대하고 둥근 하늘이 더 열렸는데 그 모습이 나를 압도했습니다. 마치 동화책에서 등장하는 거인이 100층 건물 높이에서 나를 내려다보듯. 얼마나 얼이 빠져 있었는지 엄마가 뒤에서 포근히 안아주었을 때, 그때서야 정신을 차렸습니다.

"그렇게 밥 먹으라고 불러도 듣지를 못하더니 무지개 보고 있었구나?"

그때 그 새롭고 둥글고 색색의 압도하는 하늘의 이름이 무지개란 걸 알았습니다.

"엄마, 왜 이름이 무지개예요?"

"글쎄다. 그건 엄마도 모르겠는데?"

그랬습니다. 만약 그 놀라운 하늘의 이름이 '색 하늘' 같은 뻔한 이름이었다면 아마도 난 무지개에 매력을 덜 느꼈을 겁니다. 무지개. 이름도 당당했습니다.

열한 살. 늦잠 때문에 늦은 아침을 먹고 뛰어 나갔습니다. 동네 애들과 산으로 산딸기를 따러 가기로 한 날이었습니다. 지금 생각해 보면 왕복 10km는 되는 거리였지만 우리들에겐 조금 더 멀리 가서 노는 정도로 여겨졌습니다. 그저 산딸기 따러 간다는 생각밖에는 아무런 준비도 없이 반바지에 달랑 러닝셔츠만 입고 가서 보니 산딸기를 담아 올 수단이 없습니다. 별 수 없이 러닝셔츠 끝단을 주욱 늘어뜨렸다가 다시 위로 올려 오무려서 담습니다. 그렇게 아이들 모두가 빨간 물이 든 러닝셔츠 배불뚝이가 되어 동네로 돌아왔습니다. 담아온 산딸기는 동생에게 맡기고 동네 공터에 둘러쳐진, 누워 있기 딱 좋은 각도의 돌담에 누웠습니다. 때마침 아파트 그림자가 그늘을 만들어 주었고, 거기서 한들한들 바람을 맞으며 한숨 늘어지게 잤습니다. 그리고 눈을 떴을 때 해가 지고 있었습니다. 햇살을 받은 구름 떼에 펼쳐진 그라데이션. 그 색채의 분방함을 안고 구름이 흩어지고 다시 모이며 등장하는 용과 토끼와 비행접시의 이야기들에 난 넋을 잃었습니다. 그러기를 한 시간. 결국 해가 졌고 사라진 해가 저 편에서 뿜는 희미한 빛만 남겼을 때 울음이 터졌습니다. 이유는 모릅니다. 그저 한없이 서러운 감정이 북받쳐 올라왔고 둑이 터지듯 울음이 터져 버렸습니다. 두 눈은 통통 부었고 산딸기 물이 든 늘어진 러닝셔츠에 꾀죄죄한 몰골로 집에 들어섰을 때 엄마는 내 얼굴을 살펴보고 그저 말 없이 꼬옥 안아 주었습니다. 포옹의 안온한 압박감, 엄마 냄새, 집안의 정적. 그 모두가 지금도 뚜렷이 기억의 첫 번째 서랍에 들어 있습니다.

엄마는 날 자주 안아주었습니다. 말하지 않아도 내 마음을 헤아려 늘 껴안아 주던 엄마. 엄마는 내게 친구였습니다. 같은 책을 번갈아 읽고 난 후 토론을 했고 내가 쓴 시를 보여 주면 엄마는 칭찬과 함께 서늘한 비평도 해주었습니다. 함께 자주 장을 보러 갔고 엄마가 성당 친구분들을 모시고 오면 난 커피와 과일을 대접하고 신나는 음악을 오디오에 올려 놓고 노시라며 내 방으로 물러났습니다. 그러면 으레 방으로 들리는 '나 딸 있으면 저 새끼 사위삼고 싶어 형님' 하는 외침. 그렇게 아주머니들의 웃음이 까르르 터질 땐 방안에서도 엄마의 빙그레 미소가 보였습니다.

시간이 흘러 취직을 하고 이젠 내가 안아드릴 수 있고 좋은 옷, 맛있는 것을 사 드릴 수 있을 때 엄마는 앓아 누웠습니다. 늘 속이 아프고 더부룩하다던 엄마가 병원에서 받은 진단은 위암 말기였습니다. 입원과 퇴원을 반복하며 치료를 받던 병원에선 손을 놓았지만 아버지를 비롯한 친척들과 주변에서는 암에 잘 든다는 풀이며 뿌리, 콩 등 이른바 민간요법으로 안간힘을 썼습니다. 하지만 엄마의 구토는 날로 심해지고 빈번해졌으며 이윽고 근육과 지방마저 녹아 없어졌고 ET같이 불룩한 배에 그저 살가죽만 뼈를 덮고 있었습니다.

그날은 햇빛이 참으로 좋았습니다. 엄마가 늘 말씀하시던 '빨래하기 좋은 날'의 그 햇빛이었습니다. 동생과 나는 내 방 침대에 비스듬히 기대어 졸고 있었습니다. 그때 거실에서 터져 나온 날카로운 외침.

"선주야!"

선주. 우리엄마 이름. 엄마의 고향친구인 큰 엄마는 친구의 죽음을 눈 앞에 두고 그렇게 외쳤습니다. 나와 동생은 화들짝 놀라 거실로 달려나갔고 우리 엄마, 선주 씨는 어항에서 튕겨져 나온 물고기처럼 헐떡이며 이미 이성을 잃고 있었습니다. 난 엄마의 얼굴을 움켜쥐고 낮은 신음소리와 함께 '엄마'를 흐느꼈고 엄마는 결국 그렇게 숨을 거두고 말았습니다.

엄마의 죽음은 내 안에 쉽게 자리잡지 못했습니다. 엄마를 차디찬 땅 속에 묻고 와서 난 여느 때처럼 밥을 먹고 커피를 마시고 아이데이션을 했습니다. 내가 뽑은 카피를 팔기 위해 애썼고 경쟁 PT에서 이기면 신이 났습니다.

그러다,

늦은 퇴근 후 집 문을 열며 "다녀왔습니다"라는 인사를 하면 언제나 들려오던 "아이구 고생했다. 밥은?" 하는 목소리를 이제 더 이상 들을 수 없음을 깨달았을 때 난 그 자리에서 허물어졌습니다. 큰 아이가 태어났을 때 내 아들이기도 하지만 엄마의 첫 손자이기도 한 녀석을 바라보다 눈물이 흘렀습니다. 효도상품 광고를 보다 눈물이 흐르고 버스에서 엄마와 똑같은 뒷모습의 아주머니를 보고 가슴이 덜컹 내려앉았습니다. 늘 엄마가 먼저 나를 찾았던 것처럼 엄마의 죽음도 그렇게 불쑥 찾아와 나를 주저앉히고는 했습니다.

엄마의 죽음을 간헐적이지만 진하게 직면하며 시간이 흐르기를 3년여. 겨우 잠든 새벽녘에 전화벨이 울렸습니다. 불을 켜고 시계를 보니 새벽 세 시. 좋지 않은, 그것도 아주 좋지 않은 소식일 거라는 예감에 신경이 곤두섰습니다. 아버지의 전화. 난 전화기를 놓치고 그 자리에 주저앉았습니다. 머릿속이 텅 빈 채 마포경찰서로 향했습니다. 거기서 무얼 했는지 얼마나 있었는지 기억이 나지 않습니다. 마네킹처럼 우두커니 경찰서 교통계에 앉아 있을 때 경찰 한 명이 다가 왔습니다. "현장으로 가보실까요?" 양화대교 부근 고속화 도로 갓길에 경찰이 차를 세웠습니다. 참으로 맑은 햇빛이 사고사망자가 누워 있던 자리라는 표시의 하얀 라인을 눈부시게 비추고 있었습니다. 그 라인 안에 동생이 누워 있었을 거란 생각이 드는 순간 나도 모르게 통곡이 터져 나왔습니다. "얼마나 아팠을까, 얼마나 아팠을까…" 경찰은 까무러치듯 주저앉은 나를 일으켜 세우며 참으로 사무적으로 말했습니다. "이제 시신 확인하러 가시죠." 그때 번쩍 든 생각이 있었습니다. '맞다. 이 사고로 죽은 이가 내 동생이 아닐 수도 있다. 혹시 내 동생의 지갑을 훔쳐 도망친 사람이라면. 그의 주머니에서 발견한 지갑에서 내 동생의 신분증이 나왔고 그래서 경찰이 내 동생이 죽은 거라고 믿고 있다면.' 급해진 마음에 빨리 가자고 재촉했습니다. 병원에 도착해서 시체안치소로 달려 들어갔습니다. 그리고 영화에서나 보던 스테인리스 박스가 열렸습니다. 동생이 자고 있었습니다. 옷도 입지 않은 채로. 그 차디찬 데서 자고 있었습니다. '여기서 자면 안 돼, 일어나,

정원아 일어나!'

　어릴 적부터, 대부분의 사람들은 겪지 않을 죽음을 난 많이 경험했습니다. 할머니의 죽음, 외할아버지의 죽음, 외삼촌의 죽음, 엄마의 죽음, 동생의 죽음까지. 이 모든 죽음을 서른 이전에 겪었습니다. 익숙해진 슬픔. 영화처럼 남은 헤어진 이들과의 기억. 그래서인지 쉰이 다되어 가는 지금 누군가 깊이 만나는 것이 두렵습니다. 그와의 이별이 먼저 다가오기 때문입니다. 더 이상은 누군가와 헤어지기 싫어서, 헤어져도 아프지 않을 만큼의 간격을 유지하고 싶은가 봅니다.

　내 삶에서 비극은 절대 일어날 수 없을 거라고 주변 사람들이 확신할 수 있을 만큼 난 어릴 적 코미디 같은 사건 사고의 중심에 있었습니다. 학교에서 무슨 일만 터지면 "또, 이정상이냐?"라며 선생님이 달려오셨고 아침 조회로 전교생이 모여 있을 때 교감 선생님까지 "이정상 꼼지락거리지 마!"라고 호통을 치셨습니다. 내가 보일 리 만무하지만 '이정상은 으레 장난을 치고 있을 녀석'이라는 꼬리표가 붙어 있는 것이었죠.

　물체주머니에 가지고 다니던 콩을 짝꿍 귀에다 넣었다가 빼내지 못하는 사고가 벌어지고 어디서 '원심력'이란 걸 듣고 와서 어항 안에 손을 넣고 주먹을 쥔 채로 빙글빙글

돌리는 '원심력 시연'을 보이다 와장창 깨먹거나 오랜만에 싸주신 소시지 반찬을 날름 먹어 버리고 운동장까지 도망가던 친구 녀석을 쫓아가 던진 포크가 녀석의 손등에 정확히 꽂히는 등 예측 불허의 사고를 쳐 왔기에 모든 선생님들이 그렇게 꼬리표를 붙여도 할 말이 없었습니다. 게다가 몇몇 아이들을 부추겨 소수그룹을 만들어 아웃사이더로 놀면서도 특별한 행사 등에는 전면에 나서 잘난 척을 해대는 그야말로 '재수 없는' 아이였습니다.

음악은 어릴 때부터 지금까지 함께 살아가는 그림자 같은 존재입니다. 중동 개발 붐이 불었을 당시 몇 년간 사우디아라비아에 나가 계시던 아버지가 보내 주신 워크맨을 끼고 동네를 어슬렁거리며 혼자 감상에 젖어 음악을 들었습니다. 그때 나이 고작 12살. 아바, 사이먼&가펑클 등을 테이프가 늘어질 때까지 듣고 또 들었습니다. 그리고 역시 아버지가 보내주신 소형 녹음기로 라디오를 듣다가 좋아하는 노래들을 테이프에 녹음해서 나만의 컴필레이션 음반을 만들기도 했습니다. 친구들의 생일선물로 그 녀석의 캐릭터와 어울리는 음악들을 녹음해 줬고 그게 호평을 얻으며 난 친구들의 생일에 제일 많이 초대받는 인물이 되기도 했습니다.

음악은 나를 그때 그 장소로 데려다 줍니다. 심지어 그때의 냄새와 바람까지 느끼게 해줍니다. 어떤 감정상태에 있든 나를 나무라지도 가르치려 들지도 않고 그저 곁에 있어 줍니다. 그러고는 내 마음에 스며들어와 내가 나를 바라볼 수 있도록 도와줍니다. 내게 음악은 세상에 둘도 없는 친구입니다. 이렇게 말하면 음악밖에는 친구가 없는 사회부적응자처럼 보이겠지만 그 정도로 내가 이상한 녀석은 아닙니다. 중학 시절부터 음악으로 친해져 우리 엄마를 저도 엄마라 부르고 나 없이도 저 혼자서 우리 집에서 라면 끓여 먹고 가도 이상하지 않을 만큼 친한 불알 친구가 있습니다. 둘은 모두 성당 성가대였습니다. 녀석은 베이스, 난 테너. 고2 때 성탄절 미사에서 청년성가대와 학생성가대가 연합으로 하는 연주에 어른들을 제치고 학생이었던 나와 녀석이 솔로를 하기도 했고 학력고사를 마치고는 초등부 6학년 아이들과 자체 작사, 작곡 오라토리오를 만들어 성당무대에 올리기도 했습니다. 그때 만들어진 모든 노래가 아직도 서울대교구 교사협의회 교재로 남아 있다고 들은 바도 있습니다.

그렇게 음악에 파묻혀 살다가 대학졸업도 전에 취직을 하게 됐습니다. 대학 4년 여름방학. 미래에 대한 계획도 별다른 비전도 갖지 않고 여기저기 아르바이트로 용돈벌이를 하던 내게 동생이 어느 신문에서 작은 광고쪼가리를 찢어와 보여 주었습니다. "형, 이거 한번 해봐." 광고연구원.

AE과정, 카피라이터 과정, 광고인을 위한 입문과정… 어느 사설 광고학원의 광고였습니다. 당시 광고는 별세계였습니다. 알지 못했고 그래서 염두에 둘 수 없었던 광고라는 세계. 동생이 가져다준 쪼가리광고를 찬찬히 살펴보다가 '카피라이터'라는 단어에 눈이 갔습니다. 촌철살인의 카피로 소비자를 움직이는… 글쓰기에 재능이 있다면 도전해보라… 그때까지만 해도 하고 싶지 않은 직업은 손꼽고 있었어도 하고 싶은 일은 당최 떠오르지 않았습니다. 돈 세는 직업 못하고 성실·근면해야 하는 일 못하고 틀에 박힌 반복적인 일은 못한다고 스스로 못을 박아두었던 녀석이 그럴싸해 보이는 영어이름의 직업을 선택하게 되는 순간이었습니다. 계기도 심사숙고의 결과가 아닌 스스로 '난 글좀 쓴다'는 터무니없는 자신감이었습니다.

터무니없는 자신감의 배경은 이렇습니다. 중학 1년, 주말 내내 실컷 놀다 숙제를 잊어버리고 등교를 한 어느 월요일. 불조심에 대한 포스터나 표어를 만들어 오라는 숙제를 까맣게 잊고 있었던 나는 시간 오래 걸리는 포스터는 포기하고 10여분간 집중에 집중을 해서 "재난 뒤에 울지 말고 웃으면서 불조심"이라는 날림공사로 만든 표어를 담임 선생님께 제출했습니다. 어쨌든 숙제를 제출했으니 안 맞게 된 것이 다행이었고 표어는 까맣게 잊었습니다. 그런데 어느 날 조회를 들어오신 선생님께서 부르셨습니다.

"이정상!" 움찔! 그 짧은 시간에 내가 어떤 잘못을 저질렀는지를 발견하기 위해 빛의 속도로 시간을 되돌리고 있었습니다. 그때. "너 웬일이냐? 상 받았더라?" '상…상? 상이라니?' 맞을 일은 수두룩하지만 상 받을 일은 도무지 떠오르질 않아서 토끼 눈을 뜨고 선생님을 쳐다봤습니다. "지난 번에 낸 불조심 표어, 네가 쓴 게 서울 전체에서 장려상 받았더라? 근데, 너 그거 어디서 베낀 거 아니지?" 선생님의 '베낀 거 아니지'란 말에 자신 있게 발끈했습니다. 분명학교 와서 10분 만에 써 낸 걸 반 아이들이 봤기 때문이죠.

10분 만에 부랴부랴 써낸 표어가 서울전체에서 무려 장려상이라니! 조회가 끝나고 아이들이 몰려들었습니다. 믿을 수 없다는 표정이지만 녀석들이 직접 눈으로 봤던 상황. 그 이후로 녀석들의 연애편지 대필 의뢰가 줄을 섰고 난 떡볶이를 많이도 얻어 먹고 다녔습니다.

범 무서운 줄 모르는 하룻강아지 같은 글쓰기에 대한 자신감으로 사설 광고학원에 등록해서 광고이론, 카피이론, 마케팅개론, 매체환경 등을 마치고 드디어 카피라이팅 실습에 들어갔습니다. 그런데 이 실습과정에서 무슨 평행이론 같은 일들이 벌어지고 말았습니다. 카피라이터 선생님으로부터 제품과 시장, 타깃 등에 대한 배경 설명을 듣고는 짧은 시간 고민(카피는 짧은 시간에 결과물을 내야 하는 순발력이 반드시 필요함)을 해서 카피를 써서 제출을 하고 평가가 이어지는데 그 결과가 계속 좋게 나오는 것이었습니다. 어떤 실습카피는 "이 카피는 당장 매체에 걸어도 되겠다"라는 칭찬을 받기까지 했고.

과정수료평가에 실습에 대한 점수가 배점이 많을 수밖에 없는 카피라이터 과정에서 그만 수석을 해버렸습니다. 공동수석이긴 했지만 속으로 '뭔가 착오가 있었을 거야. 내가 수석이라니'라고 생각하며 스스로도 믿지 못했지만 어쨌든 운 좋게 수석으로 수료를 하게 됐습니다. 게다가 수석수료자가 취직을 못했다더라는 소문이 돌게 할 수는 없으니 학원에서 나서서 나를 광고회사에 소개시켜 주었고 그렇게 난 '순발력 글빨'과 '시기적 운빨'로 카피라이터의 첫 발을 내딛게 됐습니다.

첫 직장은 외국계광고회사였습니다. 신입사원답게 모르는 것 투성이었고 회의는 말하는 자리가 아닌 듣는 자리였으며 선배들의 심부름을 도맡아 해야 했습니다. 그렇게 시간이 흐르고 내 카피도 제출을 하는 경우가 생기더니 어느 날 회사에서 내 담당 클라이언트를 정해주었습니다. 이상하리만치 잘 풀려나갔습니다. 선배들의 추천으로 더 큰 회사로 옮기게 되고 나중엔 당시 광고 양대 산맥 중 하나라는 곳까지 들어가게 됐습니다. 팀장에게 호소해서 버젓이 다른 카피라이터가 하던 일을 내 담당으로 가져오기도 하고 회사에서 큰 경쟁 PT가 생기면 TF로 뽑혀가고 내 기획과 카피로 경쟁 PT에서 이기기도 했습니다. 한마디로, 하고 싶은 건 다 해봤습니다. 스카우트 제의가 들어와 CM 프로덕션으로 나가기도 하고 다들 막연하게 한번쯤은 해보고 싶어하는 TV-CM감독도 해봤습니다. 그리고 잘나가던 선배들이 그랬던 것처럼 내 회사를 차려 독립을 하게 됐습니다.

어느 회사나 그렇겠지만 시작은 미약했습니다. 번듯한 사무실도 아닌 가정집을 개조한 사무실에서 다섯 명이 옹기종기 일을 시작했습니다. 밥값이 없어 직원들에게는 약속이 있다고 하고 사무실 주변을 어슬렁거리다 들어가기도 하고 늦은 밤 일이 끝나면 택시비가 없어 사무실에서 새우잠을 자기도 했습니다. 그러기를 석 달여. 서서히 일이 돌아가기 시작했고 직원들에게 월급도 제대로 주고 나 또한 집에 돈을 가져다줄 정도가 되었지만 늘 한두 달밖에는 예상이 되지 않는 불안감을 견디기는 힘들었습니다. 그때 아주 큰 프로젝트와 연결이 되었고, 모든 것을 쏟아부었습니다. 그러면서 다른 클라이언트들은 빠져 나갔는데 올인을 했던 프로젝트마저 결국 무너져 버렸고 외주처에 내보내야 하는 돈으로 직원들의 월급과 퇴직금을 정산해 주고 난 빚쟁이가 되었습니다.

회사가 무너지고 나서야 아내를 찾았습니다. 위로해 주

기를 바랐고 내게 힘이 되어 주길 원했습니다. 술을 마시며 푸념을 하고 방에 처박혀 은둔자가 되었습니다. 아내는 예전의 아내가 아니었습니다. 일에 정신이 팔렸고 승승장구하는 재미에 내팽개쳐 둔 아내를 뒤늦게 내 욕심으로 붙잡았습니다. 하지만 만 갈래 이상으로 찢긴 아내의 마음이 예전으로 돌아가기에 그 상처와 시간은 너무 깊었고 때 늦었습니다.

우리는 별거를 시작했습니다. 내가 집을 나왔습니다. 혼자 밥을 먹고 혼자 TV를 보고 혼자 마트에 가고 혼자 잤습니다. 단단하게 살리라 마음먹었어도 문득문득 진짜 혼자라는 걸 느끼게 되면 저절로 긴 한숨이 나왔습니다. 그렇게 혼자 살던 어느 해 겨울. 창 밖으로 눈이 참 예쁘게 내렸고 꺼내보지도 않던 LP 중 조지 윈스턴의 'December'를 턴테이블에 걸었습니다. 첫 곡이 연주될 때 내 가슴에 커다란 구멍이 뚫려 있음을 알았습니다. 음악도 바람도 눈도 모두 내 뻥 뚫린 가슴을 통과해서 지나갔습니다.

빚 독촉이 심해지고 결국 법원으로부터 몇 장의 종이가 날아왔습니다. 개인 파산을 신청했는데, 아직까지 법적 이혼 상태가 아니었던 이유로 아내의 재산까지 신고를 해야 하는 상황이 오자 아내는 덜컥 겁이 났나 봅니다.

"이제, 서로 정리합시다."

판사 앞에서 법적으로 남남이 되었음을 확인하고 법원

을 나오는 길. 사랑이 시작되는 날이라면 딱 좋을 첫 눈이 내렸습니다. 멀어져 가는 그녀의 뒷모습에 많이 미안했습니다. 다시 혼자가 되어 버스로 돌아오는 길에 차창 밖을 물끄러미 봤습니다. 아프지도 슬프지도 화가 나지도 않는 무채색의 마음을 들여다봤습니다.

어릴 때부터 칭찬을 받고 주목을 받던 내가 주변을 그토록 아프고 힘들게 했다는 것을 추락한 뒤에야 알았습니다. 실패한 자에게 관대하지 못했고 듣기보다 말하고 같이 가지 않고 내버려 두고 떠나 버렸습니다. 다들 아프게 살고 있으며 모든 가족에는 아린 가족사가 숨겨져 있다는 걸 애써 모른 체해 왔습니다. 아프게 찌르기보다 보듬어 함께 가는 것이 훨씬 더 가치 있는 일이라는 걸 너무도 뒤늦게 알았습니다. 소중한 것은 언제나 가까이에 있다는 것도 모르고 철부지처럼 뛰쳐나갔습니다.

빚쟁이가 되어 돈을 좇게 되니 돈은 더 멀리 도망가더라는 이치도 이제야 깨달았습니다. 함께 어울려 즐겁고 따뜻하게 나누면 어느새 사람이 내 옆에 앉고 그와 함께 밥을 먹게 된다는 사실을 너무도 늦게 알았습니다.

난 성경에서 말하는 돌아온 탕자인지도 모르겠습니다. 저 잘난 맛에 살았고 날개란 것이 녹아 버리기 쉬운 밀랍에 의지하고 있다는 것도 모르고 더 높이 오르려다 그만

곤두박질쳐 온 몸이 진창에 처박히고서야 비로소 제 깜냥을 알고 되돌아가고 싶어 하는 아주 이기적인 인간입니다.

그래도 다시 사랑하고 싶습니다. 아니 사랑해야 합니다. 이제는 누구도 아프게 하고 싶지 않습니다. 또다시 누군가를 떠나 보내고 싶지 않습니다. 그러니 내가 사랑하게 해주세요. 운명처럼 맞닥뜨린 그대를 위해 이제 늘 그 자리에서 기다리는 나무가 될 수 있게 해주세요. 이제 그대와 함께 걷게 해주세요.

.

.

.

에필로그

세상에 하찮은 인생은 없다. 쓰라리고 비참하기는 해도 가볍지 않은 인생을 모두 살고 있다. 내 삶도 그대의 삶도 누군가 함부로 비평하지 못할 만큼의 무게를 가지고 있다. 사실 모두가 불안하게 하루하루를 살아간다. 그리고 부조리한 세상의 시스템에 꾸역꾸역 맞춰가기도 한다. 삶이란 그런 것 같다. 추하고 비겁하고 냄새 나는 것이 삶이기도 하고 아름답고 가슴 벅차고 향기로운 것이 삶이기도 하다. 그 모든 것을 온전히 받아들여야 한다. 그게 삶이니까. 온통 뒤죽박죽에 비논리적이고 추운 시간의 연속이라 해도 가끔 푸근한 일도 생기니까 말이다. 문제는 얼마나 마음을

열고 아픔도 설렘도 받아들일 수 있느냐다. 그대가 마음을
열어 놓은 만큼 그 사람도 들어올 수 있을 거라 생각한다.
잊지 말았으면 한다. 그대는 그대라는 찬란한 역사의 주인
이라는 것을.

시작
-조너선 라슨의 죽음과 「렌트」의 시작

데이비드 립스키/김영지 옮김

지은이 **데이비드 립스키**(David Lipsky)

『롤링스톤』의 객원편집자. 『뉴요커』, 『뉴욕타임스』, 『하퍼스』 등 다양한 잡지와 신문에 글을 쓴다. *The Art Fair*, *Three Thousand Dollars* 등의 소설을 썼고, 『타임』이 '올해의 책'(2003)으로 선정한 *Absolutely American*은 비소설 부분 베스트셀러가 되기도 했다.

옮긴이 **김영지**

대학에서 인류학과 철학을 공부했다. 다양하고 좋은 책을 소개하는 데 동참하고 싶어서 번역을 시작했다. 『노스페이스의 지퍼는 왜 길어졌을까?』를 번역했다.

We begin

뮤지컬 「렌트」(Rent)는 구상에서 시사회까지 7년이 걸렸다. 그리고 이 작품의 원작자 조너선 라슨(Jonathan Larson)에 대해 알아야 할 점은 '뉴욕 시어터 워크숍'(New York Theatre Workshop, NYTW)에서 첫 시사회가 열리기 일주일 전, 자칫 목숨을 앗아갈 수 있는 대동맥류로 인한 펄떡임을 처음 느꼈을 때 그가 웃고 있었다는 사실이다. 조용히. 그는 속으로 웃고 있었다. 존[조너선—옮긴이]이 극장 뒤편에 쓰러져 구급차를 요청했을 때 연출가 마이클 그라이프(Michael Grief)와 배우들은 새천년을 맞이하기 직전에 죽는다는 내용의 노래 「네가 가진 것」(What You Own)을 연습하고 있었다. 나중에 존은 마지막 순간에 듣게 될 노래가 자신이 직접 만든 곡, 그것도 죽음에 대한 것일 줄은 상상도 못했다고 겁에 질려 친구들에게 말했다. 존을 실은 구급차는 인근 병원으로 향했고 칠면조 버거를 점심으로 먹은 그에게 의사들은 식중독 진단을 내리고 위세척을 했다. 그리고 존은 집에 갔다. 며칠 후 증상이 다시 나타나 다른 병원을 찾았을 때 의사들은 존에게 독감에 걸

린 것이라고 했다.

1996년 1월 25일 「렌트」의 첫 시사회가 있기 전날 밤, 존은 마지막 총연습을 위해 친구들과 후원자들이 흥분에 들떠 환호하고 있는 극장으로 갔다. 그곳에서 『뉴욕타임스』와 인터뷰를 했고 기자는 대단한 성과를 일궈냈다고 비공식적으로 논평했다. 그후 존은 집에 돌아와 차를 마시려고 물을 끓이던 중 죽음을 맞이했다. 그의 룸메이트는 부엌에서 외투 옆에 쓰러져 있는 존을 발견했다. 그의 나이는 서른다섯 살이었다.

존은 어느 인터뷰에서 이렇게 말한 적이 있다. "공연계에서 죽음은 멋대로 창조할 수 있지만, 그 안에서 삶을 꾸려가는 일은 불가능하다는 말이 있지요. 전적으로 사실입니다. 제가 산 증인이지요."

조너선 라슨의 죽음 이후에 무슨 일이 벌어졌는지 아마 당신은 알고 있을 것이다. 당신도 그 일부가 되었으니 말이다. 「렌트」는 브로드웨이 역사상 가장 큰 성공을 거둔 뮤지컬 가운데 하나가 되었다. 극작가들이 한밤중에 그와 같은 신화를 재현하고자 꿈꾸는 것이 되었고, 날이 새면 그것이 얼마나 허황된 꿈이었는지 깨닫고 쑥스러워하는 것이 되었다. 존이 처음 제작에 참여했던 뮤지컬 「렌트」의 성공은 운동선수가 올해의 신인상을 받고, 금메달을 획득하고, 월드 시리즈에 진출해서 최우수 선수로 뽑힌 것과 다름없다. 그것도 모두 한 시즌에 말이다. 「렌트」는 뉴욕 드라마 비평가상, 드라마 데스크상, 오비상, 토니상, 그리고 퓰리처상을 받았고, 『뉴스위크』의 표지를 장식하기도 했다. 『타임』은 "획기적"이라고 극찬했고, 『뉴욕타임스』는 "아주 신나고 기념비적인 작품"이라고 평했다. 1996년 민주당 전당대회에서 「렌트」의 출연 배우들은 「사랑의 계절」(Seasons of Love)을 불렀다. 영화배우, TV 연기자들은 당신이 관람했던 바로 그 자리에 앉아 공연을 감상했고, 네덜란더 극장(Nederlander Theater) 무대 뒤 브로드웨이 판 통곡의 벽과 같은 기다란 벽에는 스파이크 리, 빌리 조엘, 조디 포스터와 같은 유명 스타들이 조너선과 출연 배우들에게 행운을 빌고 축하하는 글을 남겼다. 미미(Mimi)역을 맡았던 다프네 루빈-베가(Daphne Rubin-Vega)는 관객들이 공연을 열댓번씩 보러 극장에 왔다고 말했다. 만일 젊은 극작가들이 이 같은 성공을 꿈이라고 말한다면 당신은 그들의 야심에 빙긋이 웃을 것이고 그들은 당황해하면서 돌아설지도 모른다. 하지만 이것은 현실이 되었다.

조너선의 친구들은 「렌트」를 보며 그와 가장 가까이 있다고 느낀다. 그들은 조너선과 함께 세 시간을 더 보내는 것 같다고 말한다. 배우들이 노래할 때 그들은 어떤 면에서 인간 조녀선을 다시 새롭게 구성한다. 그리고 오늘이 마치 인생의 마지막 날인 것처럼 살라는 뮤지컬의 메시지도 있다. 죽음이 임박한지 몰랐던 사람이 어떻게 자신의 이른 죽음을 알고 있었던 것처럼 작품을 만들 수 있는지 사람들은 놀라워한다. 「렌트」에는 조녀선의 흔적이 아주 많다. 하지만 조녀선만 있는 것은 아니다. 다른 목소리 또한 존재하며, 그들은 조녀선이 7년 동안 궁리해 왔던 아이디어를 구체화한 인물들로 뮤지컬 「렌트」에 무대와 의상, 골격과 조직, 조명과 배우, 그리고 생명을 가져다줬다. 많은 사람들이 가능한 한 존의 생각과 가장 부합하는 작품을 만들려고 노력했다. 자, 그것이 어떻게 가능했는지를 보자.

인생에서 놀라운 일

존의 유년시절은 당신이 기대했던 것과 다를 것이다. 또 당신이 읽었던 기사와도 다를 것이다. 대중매체는 그가 죽고 난 후의 성공을 어느 날 갑자기 일어난, 예기치 않은 일로 보도했지만 존은 성공을 위해 훈련을 받았고 준비도 했다. 그의 인생에서 놀라운 일은 그의 성공이 아니라 바로 14년 동안의 고군분투였다.

존은 1960년 2월 7일 뉴욕시에서 30분 정도 떨어진 화이트 플랜즈(White Plains)에서 태어났다. 존의 부모님은 극장에 가기를 좋아해서 존과 그의 누이를 데리고 일 년에 두어 번씩 공연을 보러 뉴욕에 갔다(존은 다섯 살 즈음에 「라 보엠」 인형극을 보았고, 이것은 존이 과거의 공연에는 융통성이 더 많았다고 생각하는 계기가 되었을지도 모른다). 존은 유치원에 다닐 적에 친구들을 모아 동네 뒤뜰에서 '길리건의 섬'을 제작하기도 했다. 초등학교 3학년 때는 자신이 직접 연극 대본을 쓰고 연출과 주인공을 맡아 화이트 플랜즈 지역 신문에 사진이 실리기도 했다. 고등학교 시절에는 연기를 잘해서 유명해지자, 학교는 그가 재능을 펼칠 수 있게 뮤지컬 과정을 신설했다. 고등학교 졸업 후 존은 아델피 대학에 4년간 수업료가 전액 면제되는 연기 장학금을 받고 입학했다. 명문 예일대학 연기학교를 본 떠 만든 아델피 대학의 연극 및 공연예술 과정은 기본적으로 존이 이끌어 간 것이나 마찬가지였다. 그곳에서 존은 처음으로 뮤지컬을 만들며 자신의 재능을 깨닫게 되었다. 교수들은 학생들 가운데 존이 가장 뛰어난 작곡가이며 작사가였다고 기억했다. 졸업반이 되자 존은 자신의 우상인 스티븐 손드하임(Stephen Sondheim)에게 젊은 청년이 충실히 조언해 줄 스승을 찾을 때 쓸 법한 내용의 편지를 썼다. 졸업을 몇 달 앞두고 손드하임은 조언을 해주려고 존을 집으로 초대했다. 존은 이 작곡가에게 자신은 연기자로 교육을 받

시작_데이비드 립스키 **109**

앗지만 음악 만드는 일이 좋다고 말했고, 손드하임은 존에게 연기를 그만두라고 했다. "굶주리는 작곡가들보다 굶주리는 배우들이 훨씬 더 많다네." 그런 상황에서 1982년 봄, 존은 대학 졸업장을 손에 쥐고 학업에서 성공한 것처럼 사회에서도 성공할 채비를 하고 예전부터 살고 싶었던 뉴욕으로 갔다.

조너선에 대해 알아야 할 것이 또 있다. 그는 살면서 흔히 접하는 일에 강렬한 즐거움을 느끼고 감사할 줄 알았다. 아델피 대학의 연기과정 학과주임이었던 자크 버딕은 학생들에게 그리스인들의 통념인 "kefi"(케피라고 발음한다)를 주입시켰고 존은 이를 소중히 여겼다. 만약 사람들에게 '케피'가 있다면, 어디에 살든지 인생에 무슨 일이 일어나든지 그들은 행복감을 느낄 것이다. 존은 이 개념이 인생에 유용함을 깨닫게 된다.

존은 뉴욕 중심가에서 보헤미안으로 살았다. 그가 세를 얻은 건물 최상층의 꾀죄죄한 다락방은 부엌에 욕조가 놓여 있었고 다 허물어져 가는 화장실 변기 위로는 채광창이 나 있었다. 그리고 컴퓨터, 신시사이저, 카세트테이프레코더를 연결한 굵은 전선들이 방 아래쪽 사방을 둘러싸고 있었다. 한동안 존과 그의 룸메이트는 장작을 때는 난로를 불법적으로 사용해야만 했다. 존은 '문댄스 다이너'라는 소호의 식당에서 웨이터로 일했다. 그는 무용수와도 4년간 사귀었는데, 그녀는 가끔씩 딴 남자들을 만나더니 결국은 어떤 여자를 사귀기 위해 존을 떠났다.

학교를 졸업하고 「렌트」를 제작하기까지 존은 제작되지 않은 작품 둘을 포함해 무수히 많은 음악을 창작했다.

조너선에 대해 알아야 할 또 다른 점은 그가 뮤지컬 공연을 좀 더 현대화하려고 했다는 점이다. 그는 1940년대 말 이후로 변화가 없었던 공연 음악에 불만이 있었다. 1943년에 공연된 뮤지컬 「오클라호마」(Oklahoma)의 음악은 좋았다. 하지만 1996년에도 많은 뮤지컬이 여전히 「오클라호마」와 비슷하다는 점은 그를 울적하게 했다. 뉴욕 변화가 친구들은 모두 음악을 좋아했지만 뮤지컬을 좋아하지는 않았기 때문에 그는 친구들에게 이렇게 설명했다. "브로드웨이의 음악은 우리 음악이 아니야. 우리의 특성이나 이야기를 반영하지 않으니까." 존은 스티븐 손드하임, 록그룹 '더 후'(the Who), 빌리 조엘, 엘튼 존을 들으며 자랐다. 그는 이들 모두를 하나로, 그리고 동일한 것으로 만들고 싶어 했다. 뉴욕에서 7년 동안 뮤지컬 음악을 만들었지만, 그는 그것이 나아가야 할 바람직한 방향이라고 아무도 확신시킬 수 없었다. 바로 그때 존은 「렌트」를 생각해냈다.

여기서 빌리 애런슨(Billy Aronson)이 등장하게 된다. 그는 예일대에서 극작가 교육을 받았고 오페라를 좋아했으며 「라 보엠」을 현대화한 뮤지컬을 만들고 싶어 했다. 그는 뮤지컬이 힘든 상황에서도 분투하는 자신과 같은 예술가들의 이야기이기를 바랐다. 안면이 있던 극단 관계자들은 조너선을 추천했다. 그들은 1989년 몇 번 만나 조너선의 집 옥상에 앉아 약간의 '케피'를 함께 받아들였다. 존이 뮤지컬 제목을 생각해 냈다. 그는 빌리가 제안했던 어퍼웨스트사이드의 배경을 좋아하지 않았다. 빌리는 뮤지컬을 통해 자신의 친구들 이야기를 하려 했고 존도 그의 친구들 이야기를 만들려고 했다. 존이 이겼다. 1991년 존은 빌리에게 전화를 걸어 「렌트」를 자신의 것으로 해도 괜찮은지 물었고 빌리는 좋다고 했다. 존이 「렌트」를 좋아한 또 다른 이유가 있다. 오페라 「라 보엠」은 파리의 보헤미안 미미가 결핵으로 고통당하고 이것은 불안의 원인으로 오페라는 이를 중심으로 전개되는데 현대판은 후천성 면역 결핍증(AIDS)을 중심으로 펼쳐질 것이었다. 존은 AIDS에 대해 잘 알고 있었다. 그는 건강했지만 고향 친구인 매트 오그래이디를 비롯해 친한 친구들이 HIV보균자였다. 「렌트」의 창작은 이 같은 경험에 의미를 부여하는 방편을 제공했다.

존은 「렌트」의 주제곡을 만들기 위해 1년간 공을 들였다. 뉴욕의 이스트 빌리지를 무대 배경으로 정하기는 했지만, 자신은 그곳에 살지 않았다. 존은 뼛속까지 웨스트 빌리지 사람이었고 펑키한 이스트 빌리지에 대해 제대로 알지 못했다. 혼자서 이스트 빌리지를 여행하기 싫었던 존은 친구이자 영화 제작자인 에디 로젠슈타인(Eddie Rosenstein)과 함께 동네를 둘러보러 갔다.

집에 돌아온 존은 뮤지컬을 썼다. 그는 식당일을 일주일에 세 번으로 줄이고 나머지 나흘은 창작에 몰두했다. 일요일이 되면 파스타를 한 솥 삶고 소스를 가득 부어 일주일 내내 저녁으로 먹었다. 그리고 네모지고 까슬한 시리얼을 구입해 정확하게 1개 반씩 쪼개어 매일 아침으로 먹었다. 존은 강력히 불타는 기계처럼 뮤지컬 창작에만 집중하고 싶었다.

1992년 여름 어느 날 「렌트」의 초고를 끝낸 존은 노래 몇 곡을 녹음한 후 자전거에 올라탔다. 뉴욕 시어터 워크숍의 예술감독 짐 니콜라(Jim Nicola)는 "그 자전거 타기는 이제 전설이 되었지요"라고 말한다. NYTW는 이스트 4번가에 새 극장을 구입한 참이었다. "그해 여름 우리가 원하는 방향으로 일을 하려고 극장을 더 개방된 분위기로 개조하고 있었습니다. 존은 자전거를 타고 이스트 빌리지를 둘러보면서 극장을 물색하는 중이었지요. 문은 열려 있었고, 공사하는 소리를 듣고 존이 들어와 어슬렁거렸습니다. 그는 즉시 그곳을 마음에 들어했고 「렌트」의 무대로 적합할 것이라 생각했어요."

NYTW는 지난 9년 동안 새로운 공연을 선보여 왔기 때문에 존이 뮤지컬을 내놓기에 딱 좋은 때였다. 니콜라도 NYTW가 뮤지컬을 선보일 적기라고 생각했다. 그는 오늘날의 음악처럼 브로드웨이를 넘어서 현실을 반영하는 그런 공연을 하고 싶었다. 니콜라는 존이 주고 간 테이프를 그날 밤 들었다.

"「촛불을 켜줘요」(Light My Candle)와 타이틀 곡, 그리고 「당신한테 말해야 해」(I Should Tell You)였어요. 가사는 완전하지 않았어요. 무슨 내용인지 와닿지 않았죠. 하지만 음악은 전율을 느낄 정도였습니다."

1993년 봄, NYTW는 무대에서 리딩(reading)을 통해 뮤지컬 대본을 선보였다. 니콜라는 사람들의 격렬한 반응에 놀랐다. 일부 친구들은 조잡하다고 생각했지만 다른 친구들은 문제가 있어도 아랑곳하지 않고 처음부터 소재가 마음에 들었다고 했다. 몇 년 전 이미 존을 만났던 젊은 제작자 제프리 셀러도 뮤지컬을 제작할 때라고 생각하고 있었다. 그는 존과 지속적으로 연락을 주고받고 있었고 존과 마찬가지로 브로드웨이에 록음악을 선보이고 싶었다. 또 언젠가는 존이 멋진 뮤지컬을 쓸 것이라는 확신을 갖고 있었다. 그도 뉴욕 이스트 4번가로 왔다. 제프리는 작품이 서술적 형태를 갖추지 않았으며 잡다한 것을 늘어놓은 콜라주 같다고 느꼈다. 제프리는 이렇게 기억했다. "훌륭한 곡들은 많았지만, 노래만 계속되었습니다." 같이 왔던 제작자들은 작품이 손볼 수 없을 만큼 형편없다고 확신하고 막간에 떠나 버렸다. 하지만 제프리는 여전히 관심을 보였다. 음악만큼이나 좋은 이야기를 존이 찾아낸다는 가정에서 말이다.

존은 스티븐 손드하임에게 조언과 지원을 요청하는 편지를 보냈다. 나이 든 작곡가는 존에게 리처드 로저스 재단(Richard Rogers Foundation)에 기금을 신청하라는 답신을 보냈다. 그리고 존은 「렌트」의 워크숍 제작으로 사용할 4만 5천 달러의 기금을 받게 되었다.

이제 필요한 것은 연출가였다. 짐은 즉시 마이클 그라이프를 제안했는데, 그는 뉴욕의 젊은 연출가로서 최근에 샌디에이고 대학에 위치하고 있는 비영리 예술극장 라호야 플레이하우스(La Jolla Playhouse)의 예술감독이 되었다. 짐은 존의 음악과 대본을 그에게 보냈다. 그라이프는 캘리포니아에서 뉴욕으로 가는 비행기 안에서 워크맨으로 음악을 들었다. 이야기는 좀 조잡했다. 그라이프는 이렇게 회상했다. "젊음과 열정, 그리고 동시대의 삶을 반영하는 점은 인상적이었습니다. 과거에 좋아했거나 사랑했던, 내가 아는 사람들에 관한 이야기를 듣는 것 같았지요." 짐은 연출가가 AIDS, 노숙자, 약물 중독에 관한 낙관론이라는 어두운 주제를 다루게 한 존의 케피에 균형을 잡아 주었으면 했다. 마이클은 현실적이었고 냉정했다. 1994년 1월, 마이클은 짐과 조너선을 만났고 그들은 극본을 음악 수준으로 끌어올리는 일에 착수했다. 짐은 이렇게 기억했다. "그 당시 극본은 아주 빈약했지요. 감상적으로 흐르거나 진부하거나 혹은 그와 같은 상황으로 쉽게 흘러갈 수 있었습니다. 나는 존의 글에 균형을 잡아 줄 만큼의 건조함과 날카로움이 마이클에게 있다고 생각했어요."

짐은 존의 다락방에서 극본을 손보려고 셋이 만난 순간 자신의 예감이 맞았다는 것을 알았다. 그들은 봄이 한창일 때 일주일간 만나서 11월로 정해진 워크숍 공연 준비를 했다. 각 장면의 모든 순간을 점검했다. 조너선과 마이클, 두 사람 간의 역동성은 이내 서로를 보완하면서 결실을 거두기 시작했다. 뮤지컬이 젊고 자유분방한 영웅들의 자기만족적 작품이 될까봐 마이클이 염려하자 존은 「보헤미안의 삶」(La Vie Boheme)의 가사를 부드럽게 고쳤다. 또 마이클이 노숙자 배역에 대해 고민하면서 마크(Mark)와 로저(Roger)가 올바른 사회적 의식을 아름답게 장식하는 도

덕적인 허상으로 단지 이스트 빌리지를 표현하는 역할에 그치지 않는다고 하자, 존은 노숙자 여성이 마크를 호되게 질책하는 장면인 「거리에서」(On the Street)라는 곡을 새로 썼다. 무엇보다 중요한 부분은 「렌트」의 메시지를 집약한 「오늘뿐이야」(No Day But Today)의 라이프 서포트 모임의 유쾌한 분위기로, 마이클은 이를 꺼림칙하게 여겼다. 존의 친구들처럼 마이클에게도 HIV에 감염된 친구들이 있었고 그들은 유쾌하지 않았던 것이다. 그래서 존은 고든 (Gordon)이 라이프 서포트의 철학에 의문을 제기하는 새로운 장면을 넣었다. 존도 마이클이 너무 건조해지거나 냉정하게 흐르지 않도록 잡아주었다. "존은 마이클에게 자신의 희망, 감성, 그리고 관대한 정신을 불어넣었습니다. 그리고 마이클은 존에게 날카로움, 현실감각, 그리고 복잡성을 느끼게 해주었던 것 같습니다. 아주 좋은 결합이었지요." 마크 역할을 맡았던 안소니 랩(Anthony Rapp)은 이렇게 회고했다.

여름에 짐, 마이클, 존은 NYTW가 소속 배우들을 위해 일종의 워크숍을 진행하고 있는 다트머스 대학에서 다시 만났다. 마이클과 존은 줄거리에 대해 논의했다. 가장 큰 문제는 모린(Maureen)과 마크의 관계라고 두 사람은 의견 일치를 보았다. 그 당시 대본의 중심 줄거리는 마크가 모린을 되찾는 데 있었다. 마이클은 이 부분을 좋아하지 않았다. "내 말은, 만약 그들을 레즈비언으로 설정한다면 끝까지 레즈비언으로 두는 것이 낫지 않나 하는 거야. 그들이 과거의 남자친구들에게 돌아가게 하지 말아야 해."

10월에 다시 뉴욕으로 돌아온 마이클은 「렌트」를 '공연 가능한 용어'로 다듬는 작업을 했다. 예산을 이유로—또 등장인물들의 특성과도 어울린다는 이유로—최소한의 무대장치를 사용하기로 했다. 마이클은 여러 역할을 하는 세 개의 '작업용 탁자'(Frankenstein tables)를 제안했다. 또 록 뮤지컬이었기 때문에 마이클은 배우들이 객석을 향해 노래할 수 있도록 마이크 사용을 시도해 보기도 했다. "우리는 연극과 콘서트의 이점 모두를 살리려고 온갖 수를 다 썼습니다."

결점은 있었지만 11월의 워크숍 공연은 큰 성공을 거두었다. 2주 동안 진행된 공연은 매일 밤 관객 수가 늘어났고 사람들은 더욱 열광했다. 마지막 주는 표가 동이 났다. 11월 공연에 참여했던 안소니 랩은 당시의 흥분을 기억하고 있었다. "이 공연은 중대한 사건이 될 거라고 전 계속 말했었죠. 우리는 아직 작품을 다듬어야 한다고 생각하고 있었지만, 그런데도 제가 믿고 존경하는 친구들과 공동 제작자들이 공연을 보고는 이미 완전히 반해 있었어요."

짐 니콜라도 작품을 보완할 필요가 있다고 생각했다.

그러나 그의 친구들도 안소니가 들었던 것과 같은 반응을 보였다. "사람들은 열광했습니다. 다시 한번 말하지만, 관객의 반향이 가장 놀라왔습니다. 안목이 좋다고 믿었던 사람들 대다수가 공연을 보고 좋아했고 문제점에 대해서는 그다지 신경 쓰지 않았어요. 나는 그 작품에 뭔가 대단한 강점이 있다고 확신하게 되었습니다." 짐은 흥분되고 두려웠지만 마음을 뒤흔드는 결정을 하려는 참이었다. 「렌트」는 사운을 걸 만한 그런 공연이었습니다."

인생의 어느 해

「렌트」워크숍 공연 두 번째 주에 제프리 셀러는 뉴욕 시어터 워크숍을 다시 찾았다. 동업자 케빈 맥컬럼을 데리고 온 그는 맨 앞줄에 앉아 작업용 탁자 세 개를 쳐다보며 1년 전 줄거리가 없었던 공연을 떠올렸다. 그는 확신이 없었다. "이 공연은 굉장히 훌륭하거나 쓰레기이거나 둘 중의 하나일 겁니다." 막이 올라가기 전에 제프리는 케빈에게 경고했다. 막간에 케빈은 제프리를 팔꿈치로 쿡 찌르며 말했다. "아주 마음에 듭니다. 수표책을 꺼냅시다."

며칠 밤이 지난 뒤 두 사람은 회사 동료인 앨런 고든을 데리고 다시 NYTW에 왔다. 세 사람은 과거 「유쾌한 브래디가 라이브 공연」(The Real Live Brady Bunch) 전국 투어 공연에서 같이 일했던 사이였다. 제프리와 케빈처럼 앨런도 음악을 듣고 흥분을 감추지 못했다. 그날 밤 세 사람은 같이 제작을 해보자고 결정했다.

연휴가 지나고 짐, 마이클, 조너선은 짐의 사무실에서 다시 모였다. 짐은 심사숙고한 끝에 NYTW의 이사들과 이야기했다. 제프리 셸러, 케빈 맥컬럼, 그리고 앨런 고든은 상업적 권리를 갖는 대신 극장을 후원하기로 했고, NYTW는 이듬해 「렌트」의 정식 공연을 무대에 올리기로 결정했다. 예산은 25만 달러로, 그것이 어떤 작품이든 지금까지 NYTW가 제작했던 공연 예산의 두 배에 달했다.

다시 짐의 사무실에 모인 그들은 보완해야 할 문제를 논의했다. 하나의 중심된 이야기도, 주된 내레이터도 없었기 때문에 11월 워크숍 공연에서 모든 등장인물은 자신의 차례가 되면 관객을 향해 돌아서서 말했다. 그리고 특히 모린과 조앤의 역할은 개선이 필요했다. 짐은 대사를 한 문장으로 줄이는 과제를 존에게 내주었다. 그의 첫 대본은 문장이 굉장히 길었고 억지로 쑤셔넣은 절, 괄호, 재고사항으로 가득 차 있었다. 그러나 짐이 예상했던 대로 문장이 명확해지자 뮤지컬도 명확해졌다.

짐은 극작술 연구가인 린 톰슨(Lynn Thompson)을 고용해 존과 같이 작업하도록 했다. 극작술 연구가는 극의 형태를 만들고 조언과 편집을 하며 극작가들과 함께 일한다. 존은 린 톰슨을 만나기까지 많은 사람들을 인터뷰했는데, 이 두 사람은 만나자마자 단번에 통했다. 린은 처음부터 존과 같은 생각을 하는 것 같았다. 그녀는 존의 열정에 불을 지르는 목소리로 말하는 능력이 있었다. 짐은 두 사람에게 일정을 정해 주고, 존은 여름이 끝나는 시점에 대본을 마치기로 했다. 리허설은 가을에 시작될 것이었다.

존은 이제 역량 있는 조력자 한 명을 더 얻었다. 린은 등장인물들의 전기를 써보라고 제안했다. 각 인물의 관점에서 「렌트」의 대본을 써보라는 것이었다. 존이 그들의 이야기를 완전히 이해하고 성격을 파악한다면 대본 수정은 폭발력을 가질 것이라고 린은 믿었다. 그들은 여름 내내 같이 일했고 「렌트」는 체계를 갖추어 갔다.

10월이 되자 새로운 대본이 나왔다. 존은 6년간의 작업이 끝났다고 확신했다. 배우들은 큰 소리로 모두에게 대본을 읽어 주었다. 짐과 마이클은 바뀐 대본이 마음에 들었지만, 아직 위기에서 벗어난 것은 아니라고 생각했다. 등장인물들의 개성은 더욱 뚜렷해졌지만, 존은 구조를 더욱 복잡하게 만들어 극의 대부분이 과거의 회상장면으로 순간적인 전환을 하는 플래시백 형태가 되었다. 1막은 엔젤의 장례식으로, 마크는 "어쩌다 이 같은 상황을 맞게 되었지?" 질문하면서 이야기가 전개되었다. 극작가를 제외하고 그 누구도 이에 만족하지 않았다. 모린과 조앤의 관계는 드디어 나아졌지만, 2막에서 그들의 이중창은 어느 모로 봐도 형편없었다. "여태 만든 곡 중에 최악이었어요." 마이클은 웃으면서 그때를 회상했다. "노래는 고양이 싸움 같았고 연인들은 서로 비난했죠. 모린은 조앤에게 '넌 내 조개수프에 든 병균 같은 존재야'라고 말했어요."

제프리도 걱정하고 있었다. 6주 후면 리허설인데, 공연 은 준비가 덜된 듯 보였다. "그런 반면, 새로운 대본은 워크 숍 때보다 훨씬 나아져 창조적으로 진일보했지만, 아직 완 벽하지는 않았습니다. 그런데 10월 말이 되었고 우리는 배 역을 정했지요. 리허설은 12월에 시작하기로 되어 있었어 요." 제프리는 제작이 진전되기 전에 「렌트」에서 바꾸어야 한다고 생각하는 부분을 날카롭고 솔직하게 휘갈겨 썼다.

제프리의 메모는 짐과 마이클을 앞으로 작성되었지만, 존이 이를 입수하게 되었다. 메모는 다시 극본을 써야 한 다는 요구를 담고 있었다. 존은 극본을 더 쓰고 싶지 않았 다. 마이클은 이렇게 떠올렸다. "이 작품이 무대에 오르지 못하면 어쩌나 하는 불안감이 있었습니다. 며칠간 긴장감 이 흘렀습니다. 존은 몹시 화를 내고 짜증스러워했지요. 결 론은 우리 모두가 작품을 제대로 만들고 싶어 한다는 점이 었습니다. 상황이 완벽하다고 생각하는 사람은 없었고 우 리는 다시 시도해야 했습니다." 존이 마지막으로 손드하임 에게 조언을 구하자 손드하임은 문제의 핵심을 일깨워 주 었다. 공연은 바로, 협력으로 완성된다는 것이었다. 협력자들의 생각을 고려하는 것도 존의 일이었다. 그래서 존은 그들의 말을 따르기로 했다.

마이클은 1막과 2막을 감정적으로 명확히 구분하면서 구성을 다음과 같이 단순화하기를 바랐다. "1막은 좀 더 축하하는 분위기로 만들고, 2막은 그와 관련된 많은 문제점과 인물들을 둘러싼 슬픔에 초점을 맞추자." 존은 마침내 식당 일을 그만두었다. 그의 친구 에디 로젠슈타인은 이렇게 말했다. "존은 식당을 그만두고는 자신이 뮤지컬 전문 극작가라고 선언했어요. 사기가 하늘을 찌를 듯 높았습니다. 그런 게 바로 사람들이 인생에서 원하는 것 아닌가요? 그들이 하고 싶은 일을 할 기회를 갖는 것 말입니다."

존이 다시 대본을 쓰는 동안 제작진은 배역을 정했다. 마이클은 젊고 매력적인 배역진을 원했다. 그리고 마이클과 존은 배역과 어느 정도 관련이 있는 듯한 젊은 배우들을 기용하려고 애썼는데 그들의 기질이 무대에서 일정 부분 도움을 줄 것이라는 생각에서였다. 출연 배우들은 존을 기운나게 하는 것 같았다. 마이클은 이렇게 말했다. "그는 배우들에게 영감을 받았습니다. 우리는 그때까지도 조앤과 모린의 곡이 필요했는데, 존이 지혜롭게 말하더군요. '배우들과 같이 머리를 맞대게 해줘. 내가 어떤 성과를 낼 수 있게 말이야.' 그러고 나서 「날 받아주든지 떠나든지」

(Take Me Or Leave Me)를 들고 왔는데, 나는 완전히 전율에 휩싸였습니다."

12월에 배역은 모두 정해졌고 리허설이 시작되기 직전에 존이 최종 대본을 건넸다. 그는 하루 20시간씩 잇달아일을 해왔다. "이야기를 깔끔히 마무리했더군요." 제프리는 존의 마지막 독자적인 진일보를 보고 모든 사람이 흥분을 감추지 못했던 때를 회상하며 말했다. "12월에 처음으로 모든 출연자들이 전 곡을 노래하며 공연했을 때 우리가제대로 해냈다는 사실을 알았습니다. 나는 존을 안으며 말했죠. '멋진 일을 해냈어.'"

짐은 존이 마지막 대본을 끝내고 기대감에 들떠 있었는데도 너무나 지쳐 보여 깜짝 놀랐다. "하지만 나는 연극을올림픽 경기와 같다고 생각합니다. 인생에서 자신의 한계를 넘는 사람은 흔하지 않거든요. 존은 그것을 해낸 겁니다." 그들은 모든 사람들이 지난 3년간 원했던 바로 그 대본을 갖게 되었다. 그리고 존은 드디어 「렌트」가 전하는 메시지를 한 줄로 요약해 짐에게 건넸다. "「렌트」는 세기의전환기에 죽음과 AIDS에 직면한 사람들이 인생을 축하하는 이야기이다."

12월부터 「렌트」는 당신이 관람했던 [혹은 적어도 당신이 알고 좋아하는] 공연으로 재빠르게 모습을 갖추어 갔다.

존이 "프로그램 변경"이라고 칭하는 작업이 많이 있었는데, 이것은 노래를 다른 장면에 대입해 보면서 어느 곳에 가장 적합한지 찾는 일이었다. 1월에 짐은 NYTW의 이사들과 함께 리허설을 보고 사람들의 반응에 놀랐다. "리허설을 하면서 내용이 더 깔끔하고 나아졌어요." 다프네 루빈-베가는 이렇게 말했다. 그러자 『뉴욕타임스』는 「라 보엠」을 원작으로 하는 록 뮤지컬이 오페라 「라 보엠」 공연 100주년을 맞아 초연될 것이라는 소문을 들었다고 전했다. 아무도 이 사실에 대해 몰랐다. 그저 요행일 뿐이었다. 마지막 총연습이 있던 날 밤, 존은 가슴 통증과 고열에 시달렸지만 택시를 타고 4번가로 가서 공연을 관람하고 『뉴욕타임스』와의 인터뷰를 마쳤다. 마이클과 짐의 마지막 기억은 존에게 마음을 편히 갖고 푹 자라는 말을 한 것이었다. 그들은 존과 린을 다음날 아침에 볼 예정이었다. 존은 그로부터 1시간 후에 죽었다.

존이 죽은 후, 대본은 몇 차례 수정되었다. 린, 짐, 마이클, 그리고 존이 죽은 뒤 뮤지컬의 음악적 요소를 담당했던 음악감독이자 편곡자인 팀 웨일(Tim Weil)은 과거부터 현재까지의 대본을 살펴보면서 존이라면 어떤 부분을 수정했을지 판단했다. 그들은 심사숙고했고 자신들이 갖고 있는 각각 다른 분야의 시각에서 최대한 존의 방식을 모방하려고 노력했다. 그들은 첫 시사회에서 무엇인가 특별한 것을 얻은 사실을 감지했다. 존의 죽음은 작품에 대한 배우들의 이해에 폭발적이고 강력한 요소를 더하는 역할을 했다. "그전에도 배우들은 모두 하나가 되었지만, 존의 죽음은 우리를 더욱 결속시켰습니다." 다프네는 이렇게 말했다. "요점은, 이런 경험으로 무엇을 할 것인지를 우리에게 상기시켜 줬다는 점이에요. 누구도 내일을 기약할 수 없는 것이니까요. 멀쩡하다가 갑자기 죽음을 맞이한 사람에게서 받는 메시지만큼 강력한 것이 있을까요? 이제 막 인생을 시작하려는 사람으로부터요."

친구들은 존의 낡은 아파트를 정리해야 했다. 가장 오랫동안 사랑받았던 그의 여자 친구가 존이 대학 졸업을 앞두고 몇 년간 써왔던 일기장을 발견했다. 그는 이렇게 써놓았다.

내가 죽으면 그곳이 어디이고 그때가 언제이든 화장을 하고, 남은 재는 해질 무렵 음악에 맞추어 사람들이 춤추고 눈물을 흘릴 때 뿌려지면 좋겠다.

존이 죽은 날, 극장관계자 그 누구도 무엇을 해야 할지 확신이 서지 않았다. 첫 공연은 그날 밤으로 예정되어 있었다. 짐 니콜라는 공연을 취소하려고 했지만 조녀선을 기리기 위해 무엇인가는 해야 한다고 생각했다. 짐은 불안했다. 1막은 특히 탁자 위에서 복잡한 춤이나 뛰기가 많았다. 완벽하게 리허설도 하지 않았기 때문에 배우들이 다칠까봐 걱정하고 있었던 것이었다. 에디 로젠슈타인은 완전한 공연을 무대에 올려야 한다고 강력히 주장했다. 저녁이 되자, 조너선의 부모를 비롯해 친구들이 끊임없이 모여들어 존이 사랑했던 친구들, 식구들, 동료들로 극장은 이미 만원이었다. 짐은 움직임 없이 노래만 하는 '싱스루'(sing-through) 공연을 하기로 결정했다. 1막이 진행되는 동안 배우들은 자신들의 자리에서 움직이지 않을 수 있었다. 하지만 아주 느리게 배우들이 일어나기 시작했다. 그들은 연기를 하기 시작했고 춤을 추기 시작했다. 안소니는 회상했다. "놀라운 일이기도 했지만 한편으로는 가혹하기도 했지요. 마치 그렇게 하지 않으면 안 되는 것처럼 말입니다. 우리는 모두 흐느꼈고 울고 있었습니다." 조명 담당은 조명 부스로 달려갔고, 음향 감독도 신호에 맞추어 연주를 시작했다. 에디는 그날을 이렇게 기억했다. "그들은 감정을 억제할 수 없었습니다. 관객들도 배우들에게 호응하기 시작했어요. 그들도 울면서 환호했습니다. 2막이 오르자 더 이상 억누름 같은 건 없었습니다. 본격적인 공연이 됐고 곡의 구절은 하나하나 더욱 의미 있게 다가왔습니다. 만일 사람들의 감정이 물리적인 힘으로 나타났다면 아마도 극장 지붕은 날아가고 날씨마저도 바뀌었을 겁니다." 2막이 끝났다. 열렬한 갈채가 쏟아졌고 배우들은 천천히 무대를 빠져 나가고 관객은 극장에 남아 있었다. 무엇을 해야 할지 아는 사람은 아무도 없었다. 배우들은 다시 돌아와 맨 앞줄에 앉았다. 이윽고 객석에서 누군가가 말했다. "고마워요, 조너선 라슨." 그러자 객석에서는 그날 밤 가장 큰 박수소리가 마지막으로 터져 나왔다.

* 뉴욕 시어터 워크숍(New York Theatre Workshop)에서 상영된 뮤지컬 「렌트」의 안내 책자에 실린 바 있는 이 글(원제: "We begin")의 저작권을 확보하기 위해 NYTW의 담당자에게 연락을 취했으나 권리관계 확인이 불가능하다는 답변을 받았고 필자의 책이 출간된 출판사에도 문의를 해보았으나 회신을 받지 못하였음을 밝힙니다. 이후 연락이 닿으면 공식적인 계약절차를 밟고 저작권사용료를 지불할 계획입니다.

PART 2

다시 쓰는 자기소개,
나라는 사람

"인생은 항상 더 이상한 입장을 취하게 만든다."

-마틴 에이미스, 「런던 필즈」

나의 공백소개서
: 무인도로 가시오

조
소
영

조소영

회사원 (도합) 6년차, 후임 없는 무늬만 대리. 회사 다니는 것을 싫어하지만 근태
만큼은 우수하다. 업무시간 중 구직사이트를 보며 다음 회사를 물색하는 (일종의)
자기학대를 실천중.

1. 자기소개서

1983년 5월 인천에서 태어났다. 자상한 아버지와 다정한 어머니...이시긴 하지만 관용적 표현이라 쓰고 싶지는 않고, 나의 부모님은 본인 생각을 무작정 강요하거나 내 생각을 깔아뭉개지 않는 고마운 어른이었다. 그리고 내가 알기로는 손해를 보면 봤지 타인에게 피해를 주며 산 적이 없는 순한 사람들이다. 부모님과 나를 동시에 알고 있는 대부분의 지인들은 어떻게 저 사람들한테 이렇게 성깔 있는 딸이 나올 수 있는지 궁금해 한다. 두 살 위의 오빠가 있다. 어릴 적엔 함께 프로레슬링을 시청하고 심부름을 같이 다닐 정도로 친했으나 지금은 한 달에 한 번 얼굴 보기도 어렵다. 초등학교 고학년 때부터 열심히 라디오를 들었던 탓에 중학생 시절부터 같이 음악을 듣던 친구들과 카세트테이프, CD 사는 계를 조직했고, 이적이나 유희열, 이소라가 진행하던 심야 라디오 프로그램에 허접한 사연을 보내거나 선착순으로 주는 달력, CD 등의 상품을 받아 보물처럼 모시며 오덕력을 키웠다. 무언가를 좋아하면 쉽게 식지 않는 지구력은 아마 이때부터 길러졌던 것 같다.(조기교

육의 중요성) 어쨌든 큰 사고 치지 않고 초중고등학교를 얌전히 졸업했고, 딱히 큰 고민 없이 국어국문학과에 진학했다. 라디오를 좋아했으니 라디오작가가 되면 어떨까 하는 생각을 하기도 했고(물론 이건 수업을 듣자마자 국문과를 나온다고 라디오작가가 되는 건 아니라는 걸 알게 되었다…), 지금쯤이면 시효(?)가 지났을 테니 말하지만, 초등학생 때였던가 줄거리만 읽은 소설의 독후감을 쓰고 상을 받은 적이 있었는데 그때부터 왠지 다른 과목은 몰라도 국어만큼은 어떻게든 될 거라는 생각을 했던 것 같다. 어릴 적엔 지금보다 훨씬 남을 많이 의식했으니 서툴고 못하는 걸 배우고 싶다는 생각보다는 그나마 잘하는 걸 하며 안심하고 싶었던 것일지도 모른다. 내가 진학할 당시에도 '굶는과'라는 둥 국문과 및 인문대학 학과에 대한 자조랄까, 패배의식이 팽배하던 시기였고, 그래서 그런지 내 주변의 국문학과 학우들은 1학년 때부터 은밀한 반수 혹은 편입 준비나 교직이수 과목 수강, 경영학과 복수 전공, 공무원 시험 준비 이 넷 중 하나는 꼭 시도하고 있었다. 난 운 좋게 편입에 성공하긴 했지만 그래봤자 국문과였는데도(비하 아님;;) 이상하게 교직이수나 경영학과 복수 전공, 공무원 시험을 준비해야겠다는 조바심이 들지 않았다. 어차피 '될 놈'이 되는 거고, 안정적인 직장 같은 건 사실 없다고 생각해 보면 굳이 흥미도 없는 걸 붙들고 있는 건 시간 낭비 같았다. 난 꼬리에 꼬리를 물며 내가 무엇을 좋아하는지를 추적했다. 그러다 일본어로 된 여러 콘텐츠를 접하게 되면서 자연스럽게 일본어를 익히게 되었고, 하나의 언어를 알게 될 때 얼마나 많은 즐거움이 생기고 삶 자체가 풍부해지는지 깨달았다. 전공과 일본어를 동시에 살릴 수 있는 직업이 뭐가 있을까를 고심하다 보니 책을 만드는 직업을 가지면 좋을 것 같다는 생각을 하게 되었고, 운 좋게 졸업과 동시에 출판학교에 들어가 공부할 수 있는 기회를 얻게 되었다.

수료 후 출판사에 입사해 편집자로 근무하며 주로 일본어권 단행본을 검토, 기획하거나 편집 등의 업무를 맡았고, 외주작업으로 원서 검토나 원고 교정 교열을 맡기도 했다. 지금 재직 중인 회사에서는 (대외비인 관계로 시원하게 밝힐 수는 없으나) 모 자격증 시험의 문항 발주, 검토 및 편집 등의 업무를 담당하고 있다.

2. 공백소개서

지금부터 쓰는 글은 앞서 작성했던 자소서에서 자체 생략한 기간에 대한 기록이다. 마지막 부분에서 '엥, 갑자기 다른 일을 하네?'라고 생각하지는 않으셨는지…? 이전 글의 마지막 두 문장 사이에는 이른바 '공백기'라 일컫는 기간이 존재한다. 책을 만들며 무료히 하루하루를 보내다 문득 청춘이 이렇게 가는 게 아쉬워 모은 돈으로 세계 일주를 했다거나, 전쟁으로 고통 받는 어린이들의 다큐멘터리를 보고 가만히 있을 수 없어 유엔난민기구에서 대활약했다거나… 뭐 그럴듯한 이유가 있어 회사를 박차고 나갔다면 좋았겠지만, 나에게 공백기는 비자발적으로 찾아왔다. 그리고 거의 사전적 의미—특정한 활동이나 업적이 없이 비어 있음—그대로의 공백기였다. 이러한 공백기의 경우 더더욱 자소서 작성 시 언급하는 것은 금기에 가까우므로 마치 그런 일은 없었다는 듯이 넘어가거나, 이 기간이 '공백'만은 아니라는 구차한 자기변호가 필요하다.(내 나름대로 충실한 일과를 보냈음을 어필하는 게 아니라, 남들이 볼 때 그럴듯해야 한다는 게 포인트다.) 이 시기의 우스운 점은 자소서에 쓸 수는 없는데 아이러니컬하게도 가장 자소서를 많이 작성해야 하는 시기라는 것이다.

그래서 그런지 내가 가장 많은 자소서를 작성했던 기간 또한 1년 남짓 직장 생활을 한 후 퇴사했던 2008년 8월부터 지금 다니고 있는 직장에 지원했던 2010년 8월까지에 집중되어 있다.(물론 이 이후에도 이직 시도로 인해 몇 편의 자소서를 추가 집필한 바 있으나, 비공식 기록—재직 중 이직 실패는 기록하지 않는 것이 직장인의 도리—이므로 포함하지 않는다.) 지금도 내 컴퓨터 C드라이브 문서 폴더 안의 '이력서' 폴더에는 약 30여 개의 이력서가 회사별로 차곡차곡 저장되어 있다. 해당 회사 홈페이지나 구직 사이트를 통한

지원까지 합한다면, 아마 50개는 족히 되는 회사에 이력서를 보냈던 셈이다.(메일을 확인하면 더 나올 것 같은데, 사실 난 저 시기의 '보낸메일함'을 아직도 똑바로 보지 못한다. 이력서를 보내던 기억이 자꾸 나는 게 너무 싫어서 꼭 확인을 해야 될 땐 곁눈질로 보곤 한다….) 출판학교 수료 직후라 첫 직장엔 비교적 수월하게 취직했지만, 퇴사 후 이직 시장에 나오니 갓 1년의 경력은 오히려 취업의 방해요소였다. 1년 경력으로는 업무 능력은 검증할 수 없고, 1년 버티고 뛰쳐나올 정도로 근성이 없다는 것만 확인할 수 있기 때문이다. 어찌어찌 서류를 통과했다고 해도 면접 자리에서 첫 직장의 재직 기간이 짧았던 이유를 묻는 질문은 빠지지 않았고, 그에 대한 내 대답은 전혀 믿지 않는 것 같았다. 무슨 대답을 했어야 그 무뚝뚝한 표정의 인사담당자들은 나의 퇴사가 불가피했다는 걸, 내가 앞으로 회사 생활을 성실히 오래 할 수 있는 사람이라는 걸, 아니, 나는 정말 회사를 오래 다니고 싶은 사람이라는 걸 믿어 줬을지, 아직도 잘 모르겠다. 나에게는 뼈아팠던 경험이 그 사람들에게는 여러 후보 중 합격자를 좁히기 위한 결격 사유에 불과하다는 걸 깨닫는 건 몇 번을 겪어도 덤덤해지지 않았다.

하여튼, 이 2년여 동안 넌덜머리나게 자소서를 썼다. 물론 지원하는 회사, 직무가 비슷비슷했기 때문에 커다란 틀은 존재하고, 회사별로 특성에 맞게 수정을 가하는 작업이면 충분했다. 하지만 결국 '자소서를 쓴다는 것'은 나에게 월급을 주고 싶어 하는 회사가 아직 없다는 걸 의미하는 셈이니 쓰면 쓸수록 쪼그라드는 마음을 다잡는 건 쉽지 않았다. 난 아침 일찍 일어났고, 일본어 공부도 했고, 운동도 하고, 요리도 하고, 하루 삼시세끼를 다 먹었으며, 잠도 푹 자면서 지냈지만(심적 고통도 식욕과 수면욕을 막을 수는 없었다), 그렇다고 화가 나지 않는 것도, 불안하지 않은 것도 아니었다. 어떨 때는 (구 회사 및 나를 찬 다수의) 회사에 화가 났고, 어떨 때는 스스로에게 화가 났다. 당연히 쉽게 재취직이 될 거라고 생각하며 백수 기간 중 겁도 없이 저축보험을 든 것도 화가 났다.(쓰고 있는 지금도 화가 난다. 시간을 되돌릴 수 있다면 그때로 돌아가 망할 그 전화를 받지 않을 것이다. 아니, 받아서 그 영업사원을 두 시간 정도 약 올리다가 가입하지 않을 것이다. 그땐 어차피 시간도 많았으니까…….) 어떻게 보면 오기로 든 것도 있는데, 미신적이랄까, 돈 쓸 일이 생기면 돈이 들어올 일도 생길 것 같았기 때문이다. 그때만 해도 잠깐 코에 바람 좀 넣고 쉬다가 슬슬 몇 군데 돌리면 금방 다른 곳에 들어갈 수 있을 거라고 생각했다. 지금 생각해 보면 도대체 무슨 배짱이었는지, 왜 그때만 평소에는 약으로 쓰려고 해도 없던 낙관주의에 빠져 있었는지 모르겠지만 말이다. 간단히 얘기하면 세상은 그렇게 호락호락하지 않았다. 돈 쓸 일은 생기는데 들어올 일은 좀처럼 생기지 않았다. 마음이 조급해졌다. 남들은 다 회사 다니고 차곡차곡 커리어를 쌓아가며 바쁘게 사는 것 같은데 나만 방구석에서 구직사이트를 보고, 자소서를 고치고, 인사담당자에게 '안녕하세요, XXX사이트에서 공고를 보고 이력서와 자기소개서를 보냅니다~'로 시작하는 메일을 보내고, 수신 확인을 하고, 울리지 않는 핸드폰을 보고, 매월 10일만 되면 꼬박꼬박 보험과 적금이 빠져나가고…… 뭔가 맑은 정신으로 판단을 하는 게 어려워졌다. 그때 난 회사원 시절 구직중인 친구들에게 충고랍시고 떠들며 하지 말라고 했던 모든 행동을 다 했다. 급한 마음에 일을 고르지 않고 붙여 준다는 회사에 들어갔다 나가떨어졌고, 그러는 바람에 정말 가고 싶었던 곳을 놓치기도 했다. 시간이 흐를수록 선택지는 줄어들었고, 나빠졌다. 이렇게 첫 직장 퇴사 후 2년은 나의 예상과는 정반대의 일들만이 발생했다. 나는 내 나름대로 최악의 상황을 늘 염두에 두고 있었는데도, 내 예상을 뛰어넘는 나쁜 일들이 불쑥불쑥 내 발을 걸었다. 남들은 폴짝폴짝 잘도 뛰어넘는 허들 앞에서 서성거려야 할 때도 있었고, 넘어지고 나서 보니 뜻밖에 내가 스스로 심어 놓은 장애물일 때도 있었다. 내가 하는 모든 선택은 최악의 시나리오로 가기 위해 존재하는 것 같았다. 뭐라고 해야 되나, 블루마블('부루마블'이라고 표기해야 되려나, 다들 잘 아시는 그 땅따먹기 보드게임)에서 황금열쇠를 뽑았더니 죽어라 '무인도로 가시오'만 나오는 것 같은 시기였다. 누구도 나에게 뭔가를 하기를 원하지 않는 것 같았다. 그냥 아무것도 하지 말고 꽝이나 팔라는 거다. 내가 뽑은 패니 누구도 탓할 수 없었다. 이 시기에 나는 출판계의 다양한 고용 형태(정규직-계약직-외주 작업-단기 알바 등등)를 본의 아니게… 체험하게 되었고, 그 후 내 구직 조건에는 하나가 더 붙었다.

'출판사가 아닐 것.'

삽질이 거듭되면서 첫 직장 퇴사 후 '여봐란듯이 좋은 회사에 들어가겠다'는 패기는 온데간데없이 사라졌지만 그래도 포기할 수 없는 조건이 있었는데, 그건 역시 '첫 직장과 정반대일 것'이었다. 내 업무 범위를 심하게 초과하는 일을 요구하지 않는 곳(청소, 전화 받기 등의 잡무를 하고 싶지 않다는 의미가 아니라, 경리나 영업 등 전담 직원이 반드시 필요한 업무를 떠맡고 싶지는 않다는 의미다. 너무 당연해서 다들 상상도 못할까봐 굳이 설명해 둔다), 사장과 한 공간에서 근무하지 않는 곳에서 일하고 싶었다(이 조건에 대한 이유는 설명할 필요도 없을 것 같아서 생략한다). 이 조건들을 겨우겨우 충족하는 회사를 찾아내 다니는 게 이렇게 어려울 줄 알았다고 한들 아마 퇴사는 피할 수 없었겠지만, 난

'그때 내가 분수에 안 맞게 이것저것 따지다 백수가 된 거야'라고 생각하고 싶지는 않다. 난 그 회사에서 부족한 사람이었을지 몰라도 어딘가에서는 충분히 자기 밥값을 하는 직원이 됐을지도 모르고, 나에겐 맞지 않는 곳이었지만 누군가에게는 그 회사도 좋은 회사일 수도 있으니 자책도 남 탓도 소용없다. 그런데, 그땐 그게 잘 안 됐다. 난 쓸데없이 기억력이 좋았고, 스스로도 타인도 쉽게 용서하지 못했다. 뭔가가 잘못되어 가고 있는 것 같다는 불안이 덮칠 때, 전 직장에서의 일들을 떠올리며 계속 다녔으면 후회했을 거라는 생각, 좀 더 멋지게 박차고 나왔어야 했다는 생각, 좀 참고 잘해 볼걸, 이라는 생각이 수시로 교차했다. 그리고 후자의 생각이 들 때 내 자신이 더더욱 싫어졌다. 도망친 나와 후회하는 나 모두에게 화가 났다. 생각할 시간이 없어야 했다. 취미가 많은 탓에 생각을 안 하고 싶을 때 도망칠 곳이 많았다. 멍하니 있다 보면 자꾸 생각이 날 것 같아 끊임없이 책으로, 드라마로, 영화로, 콩트로, 음악으로 도망치다 보니 시간은 잘도 지나갔다. 그 시간들은 나에게 무엇이었을까. 정말 남들이 말하는 것처럼 '공백'의 기간인 걸까. 난 시간 낭비를 하고 있었던 걸까. 수많은 물음이 남았지만 난 그 시기의 나를 똑바로 쳐다볼 수가 없었기 때문에 해답을 내놓을 수 없었다. 사실 난 저 당시의 상황을 떠올리거나 정리하고 싶지 않다. 미룰 수 있다면 계속 미루고, 모른 척하고 싶다. 어떤 말로도 저 당시를 미화하는 건 불가능하다. 좋은 경험도 아니다. 난 누구도 저런 경험은 해서는 안 되고 할 필요도 없다고 생각한다. 하지만 결국 이렇게 글을 쓰는 이유는 그 시간이 내 인생의 낭비였다는 자기혐오와 잃어버리기만 한 건 아니었다는 정신승리, 이 극단에서 더 이상 갈팡질팡하고 싶지 않기 때문일지도 모른다.

어쨌든, 모두의 예상을 깨고 꽤 오래 다니고 있는 현 직장은 일단 앞에 제시한 모든 조건에 부합한다. 출판사가 아니고, 약간의 잡무를 해야 하지만 경리나 영업 업무를 맡는 직원은 따로 있고, 사장실이 따로 있다. 그리고 이곳에서 재직기간 3년 정도를 넘기며 나는 겨우 첫 직장에서의 1년과 그 이후 2년간 계속 품어 왔던 스스로에 대한 의심(난 사회부적응자인가, 전 직장에서도 결국 내가 다 잘못한 것이었을까 등등)을 떨쳐낼 수 있었고, 뜻밖에 남편(!)도 만났으니 그간의 고생이 마냥 삽질은 아니었던 것도 같지만, '~그래서 행복하게 살았답니다~happily ever after~' 하기에는 우리나라 여성 평균수명이 너무 길기에 결론은 함부로 내지 않기로 한다.

사실 담당 편집자에게 의뢰받은 형식은 따로 있는데, 그렇게 쓰기는 좀 어려워 내가 공개할 수 있는 범위의 자기소개서와 입사 지원 시 필요한 자기소개서에 작성하기에는 권장되지 않는 내용인 공백기, 하지만 그때가 아니었다면 지금의 나로 도달할 수 없는(그 시기를 거친 내가 더 괜찮은 사람이 됐는지는 제쳐두고), 그 시기를 소개하는 글로 나눠 쓰면 어떨까 생각하게 되었다. 앞서 작성한 자기소개서도 사실 기업에 제출하기에는 부적절하다. '성깔 있다'거나, 오덕력이 넘친다거나…… 사실이지만(!) 입사 지원 시 제출하는 자소서에는 굳이 쓸 필요가 없는 내용들이다. 우리 독자님들(=회사 인사담당자)은 지나치게 진솔한 내용을 싫어하신다. 그러면서 다들 붕어빵 같이 찍어낸 듯한 모범 답안만 써 내 실망스럽다고 하시니 어느 장단에 춤을 춰야할지 모르겠지만, 어쨌든, 입사 지원 시 필요한 자소서를 쓸 경우에는 모집 공고가 반드시 전제되고, 우선되어야 한다. 나는 보통 자소서를 쓸 때 지원하는 특정 회사와 업무에 대한 얘기, 나에게는 이러이러한 재주 혹은 경력이 있어 공고에 제시된 업무를 수행할 수 있다는 얘기 정도만 한 페이지가 넘지 않게 쓰는 편이다. 사실 입사 지원 자소서는 결국 '이 회사를 좋아하는 나', '이 업무를 잘할 수 있는 나'를 소개하는 게 목적인 글이다. 그러니 나를 되짚는 과정보다는 회사나 제조 상품, 지원 업무 파악을 제대로 하는 게 더 중요하다. 내가 많이 써 보고, 까여 봐서 아는데… 독자의 특성상 애초에 그들은 '나는 이런 사람입니다' 풍의 글에 전혀 관심이 없다. 그 양반들은 바쁜 사람들이다. 그나마 글 잘 쓰는 사람을 선호하는 몇몇 업종에서는 조금 읽어 볼 것 같기도 하지만, 주로 출판사에 원서를 넣어 왔던 내가 단언하건대 딱히 그렇지도 않았다.(네가 못 써서 떨어졌다는 생각은 안 해봤냐는 지적은 넣어 두시고…)

기껏 써놓은 이력서/자소서는 읽어 보지도 않고 면접관이랍시고 들어온 인간이 이미 다 써놓은 말을 물어보고, 그걸 듣고 무슨 신선한 질문인 양 새삼스럽게 답하고 있는 스스로에게 일종의 자괴감을 느낀 경험이 다들 적지 않을 것이다. 그런 면접을 보고 터덜터덜 집으로 돌아올 때면 '저 인간들, 일찍 태어나서 좋겠다'는 생각밖에 안 든다. 자유 형식이 아니라 몇 가지 질문이 주어질 경우, 지원동기, 성장과정, 리더십을 발휘하고 역경(!)을 이겨낸 경험, 입사 후 포부, 10년 후의 비전 따위를 묻곤 하는데, 이런 고민이라고는 조금도 하지 않고 내놓은 듯한 뻔한 질문에 창의적인 대답을 원하니 당혹스러울 수밖에 없다. 지원 동기에 '덕질을 하려니 돈이 필요해서'라거나, '놀고 있는데 마침 공고가 나서', '연봉은 좀 마음에 차지 않지만 야근이 없을 것 같아서'라고 쓸 수도 없지 않나. 10년 후의 비전을 묻는 것도 어떻게 보면 굉장히 폭력적(?)이랄까, 강요에 가깝다. 왜 나의 10년 후 계획에 이 회사가 들어 있어야 한다는 건지…? 회사는 소모품처럼 직원들을 갈아치우면서 10

년 후를 운운하는 게 놀라울 뿐이다. 베베 꼬인 전직 백수의 투정일지도 모르지만, 당장 통장 잔고가 바닥을 보이는 마당에 10년 후를 바라보며 미래를 설계한다는 건 쉽지 않다. 게다가 첫 직장에서부터 단기간에 고꾸라진 경험이 있는 사람에게 10년이란 영원과 같은 시간이다. 일단, 그렇게 한 직장에 오래 다닐 수 있을 거라는 생각이 잘 들지 않게 된다. '한 치 앞도 모르는 게 인간이거늘, 10년이 웬 말이냐. 어리석고 어리석다. 다 부질없도다…' 도인 모드가 된다. 결국 목적은 '생계유지'인데, 그렇게 쓴 자소서를 보며 "솔직해서 맘에 드는구먼. 자, 이 자에게 어서 합격 전화를 걸게!!!" 하는 인사 담당자는 아마 거의 없을 것이다. 답은 정해져 있다. 어차피 입사 지원 시 쓰는 자소서는 진솔한 답변 자체가 불가능하게 구성되어 있다. 그런데 회사들은 구직자들에게 이렇게 실컷 자소서를 쓰게 만들어 놓고는 정작 출신 학교나 영어점수와 같은 객관적 지표를 더 신뢰하고, 그 숫자들이 곧 그 사람을 말한다고 생각한다. 어쨌든 숫자는 거짓을 말하지 않을 테니 말이다. 직접 자기에 대해 쓰는 걸 어떻게 믿나? 실제보다 부풀리거나, 불리한 것을 숨겼을 거라고 생각할 것이다. 사실 나도 '보기 좋은' 자소서를 위해 덕질(…) 이외에는 딱히 매사에 열의를 드러내지 않는 미지근한 인간이지만 누구보다 일에 열정적인 척한다거나, 사회부적응자(…)로 보이지 않기 위해 공백기를 은폐/포장하는 등의 행위를 하지 않은 건 아니다.(하지만 일본어에 흥미를 가지게 된 계기 따위를 서술할 때, 사실 「카드캡터 체리」를 보고 시작한 덕질 인생이었으나 좀 음악성 있어 보이려고 스피츠 음악을 들으며 일본어를 배우기 시작했다고 쓴 건 좀 귀여운 포장이지 범죄적이지는 않다고 생각한다. 물론 난 스피츠를 좋아하고… 하하하…)

어차피 '회사들의 자소서'라고 할 수 있는 구인 공고를 봐도 회사들도 업적이나 복리후생을 부풀리거나 연봉 은폐는 기본이라 피장파장, 죄책감 따위는 마비된 지 오래다. 공고가 나오면, 쓰는 거다. 회사명 안 틀리게 조심하면서.

아, 물론 자소서 무용론을 쓰는 게 이 글의 목적은 아니다. 대기업은 들어가 본 적이 없어서(…) 잘 모르겠지만, 한 회사가 직원을 고용해야겠다고 결정하는 건 생각보다 그렇게 가볍지 않다는 건 알고 있다. 일단 새로운 직원을 뽑게 되면 필연적으로 인건비가 들고, 경력자라 할지라도 새로운 회사, 업무에 적응하기 위한 시간도 줘야 한다. 입사한 자가 뜻밖의 또라이—우리 모두 한 번쯤은 만났던, 혹은 우리 자신인—일 경우, 팀 와해나 다른 팀과의 대립 등 골치 아픈 문제가 발생할 수도 있다. 사람을 들인다는 건 회사로서도 꽤나 큰 모험이다. 뭐라도 하나 더 받아 두고 싶은 그 마음, 이해 못하는 건 아니다. 진상 회사가 있는 것처럼 함량 미달의 지원자가 많은 것도 현실이니까. 그러고 보면 회사도 구직자도 모두 오래 일할 사람, 오래 일하고 싶은 회사를 찾는 건 똑같은데 운명의 회사, 운명의 직원을 만나는 건 불가능에 가까우니, 과연 이상은 높고 현실은 시궁창이다.

중학생 때였던가. 〈프린세스메이커2〉라는 명작 게임에 심취했던 적이 있었다. 퇴직 용사(플레이어)가 신에게 아이를 받아 열 살부터 8년간 아이를 키워 출가(?)시키며 엔딩을 보는 게임인데, 제목 그대로 키운 아이가 '프린세스'가 되는 엔딩을 보는 게 플레이어로서는 최상의 목표다. 당시 얼마나 이 게임을 열심히 했냐면, 하루에 아이 두 명의 엔딩을 본 적이 있었다. 여름방학 때, 아침에 일어나 밥숟가락 빼자마자 게임을 시작해 두 번째 아이의 엔딩을 볼 때 해가 지고 있었다. 그래도 나름 자제력 있던 청소년이라 '이건 아니다'라는 생각이 들어 이틀에 한 명 정도만 키우는 걸로 조절하긴 했지만… 어쨌든, 나는 처음 게임을 플레이하면서 아이에게 나의 이름과 생일과 혈액형을 부여했다. 아마 당시 일본에서 유행했던 혈액형 성격론이나 별자리 성격과 같은 걸 토대로 한 정보로 만들어진 설정이었겠지만, 당시엔 매우 진지하게 '아, 난 이런 성향을 타고난 것인가…' 하며 게임에 임했다.(이 애비가 잘 키워 줄게…) 에디터—게임 캐릭터의 능력치나 소지금 등을 조절할 수 있는 프로그램—를 사용하지 않고 순수(!)하게 플레이한 결과, 그 아이는 왕궁 소속 마법사가 되었다. 게임 속의 내 딸은 한 치의 의심 없이 본인의 직업을 받아들이고, 많은 사람들의 존경을 받는다. 딱히 되고 싶던 것도 없고, 무얼 해야 할지도 막연했던 시절이라 난 어쩌면 나의 이름과 생일과 혈액형을 가진 아이의 엔딩을 보며 내 미래에 대한 힌트를 얻고 싶었던 것인지도 모른다. 결과적으로는 21세기를 살며 '왕궁 소속 마법사'라는 직업을 도무지 적용하기가 어려워 그냥 얌전히 회사원으로 살고 있지만, 모든 회사가 나를 원하지 않았던 시기나 어딘가에 소속되어 밥벌이를 하고 있지만 이렇게 계속 살아도 괜찮은 건지 길을 잃은 것 같을 때, 문득 중세시대쯤에 태어나 천직(!)인 마법사로 살았어야 되는데, 괜히 20세기에 태어나 회사 따위를 전전하는 게 아닌가 싶은 생각을 멍하니 할 때가 있었다. 아니, 사실 지금도 가끔 한다. 게임 캐릭터는 능력치에 맞게 엔딩이 정해져 있는데 현실은 능력치를 키운다고 해서 예상하는 대로 흘러가지 않으니 막막하다고, 그냥 엔딩을 빨리 보고 싶다고. 난 내가 편집자에 맞게 내 능력치를 세팅했다고 오만한 착각을 했던 걸지도 모른다. 그리고 이 정도로 안 풀리면 내가 세팅을 했든 뭘 했든 이 길은 아니라는 인정을 하는 데에 2년이라는 시간을 썼다. 착각 좀 한 것 치고 너무 비싼 대가를 치른 것 같기도 하고, 그 정도에서 손 뗀 게 다행인 것 같기도 하고…… 아직은 뭐라 말하기 어렵다. 하지만 삶이란 절대 내가 생각한 대로 순순히 풀리지 않는다는 것, 일생의 직업인 줄 알았는데 그게 아니었다는 걸 알게 되면서 시작된 공백은 그저 어느 회사에 들어가 돈을 번다고 해서 끝나는 게 아니라는 것 정도는 알 것 같다.

어릴 적 '꿈'이 뭐냐고, 장래 '희망'이 뭐냐는 질문을 받게 될 때 아마 우리들은 어떤 직업을 가지고 싶다고 답했을 것이다. 그런데 어른이 되어 '꿈'이 뭐냐는 질문을 다시 받을 때, 꿈을 현실로 만든 사람들조차 '로또 당첨'이나 '꿈은 없고 그냥 놀고 싶다'거나… 어쨌든 '무노동'을 전제한 대답이 많이 나오는 걸 보면 역시 남의 돈을 벌면서 '나'를 잃어버리지 않는 게 얼마나 어려운지 실감하게 된다. 한때 그토록 남의 돈을 벌고 싶어 자소서를 밤새 썼다 고쳤다 했는데 말이다. 나도 '자소서를 안 쓰는 삶'을 꿈꾼다. 회사들을 향한 구애를 멈추고 싶다. 사랑한 적도 없는데 구애를 하려니 보통 연기력이 필요한 게 아니다. 아니, 계속해서 나를 버리는 대상에게 또다시 거절당할 각오를 하며 구애해야 한다니, 이건 너무 잔인하다. 거절의 공포로부터 나를 보호하기 위해 택한 방법은 결국 나를 전부 보여 주지 않는 것이었다. 적어도 버림받을 때 '나를 잘 모르기 때문이다'라고 생각할 수는 있을 테니까. 앞에서 인사 담당자들은 내 얘기 같은 거 주절주절 쓰는 거 싫어하니까 회사 소개나 공고 내용 잘 보고 맞춰서 쓰라고 떠들어댔지만, 내가 사람을 뽑아 본 적도 없는데 알게 뭔가. 내가 나를 숨기며 적당히 자기소개서를 쓰는 이유는 '나'를 다 보여 주고도 나를 원치 않는 상황이 싫기 때문이다. 회사가 사람을 뽑는 이유와 버리는 이유는 사실 동일하다. '이상적인 직원상'을 정해 놓고 이에 부합할 것 같으면 뽑고, 일을 시키고 보니 영 아니면 자르거나, 못 견디고 나가게 만들면 그만이다. 내가 그 회사에서 일하기 위해 태어난 사람도 아닌데, 그냥 집에서 뒹굴거리다가 학교 다니다가 회사 들어온 건데, 어떻게 자기들 이상에 다 맞출 수 있나? '이상적인 직원상'에 해당되지 않는 자에게는 적응할 시간도, 만회할 기회도 없이 형벌처럼 '공백'이 찾아온다.

일은 하고 싶은데 아니 안 할 수 없는데, 왜 일은 회사에서 해야 되는 걸까, 아니 난 왜 회사에서 해야 되는 일을 하고 만 걸까, 왜 회사를 사랑해야 하는 걸까. 열정적이어야 하는 걸까, 문득 생각한다. 하지만 지금 다니는 회사를 천년만년 다닐 수 없는 이상, 난 언젠가(가까운 미래일 듯하나) 또 자소서를 써야 할 것이다. 노동, 밥줄이 달려 있는 자소서를 쓰는 게 즐거웠던 기억은 먼 옛일이 되고 말았다. 좋아하는 일, 호감 있던 회사의 공고가 난다고 해도 난 물론 최선을 다해 자소서를 써보겠지만, '자아실현'이고 '능력의 발현'이고 이전에 난 거절의 공포를 견디고, '회사원'이라는 역할에 충실해야 하는 피로를 생각하며 시작도 전에 몇 년은 다닌 것 같은 막막함이 먼저 덮쳐올 것 같다. 난 지금 자소서를 써야 하지만, 쓰고 싶지 않다. 지금도 난 '공백'의 연장 속에 있다.

헤어진 애인들에게 보내는
자기소개서

박
지
원

박지원

회사원. 단체행동을 싫어한다. 영문과 졸업. 영어 공포증이 있다. 남의 기분에 민감한 기분파. 사주 보는 개신교신자. 연애상담하기를 좋아하지만 정작 내 앞가림은 잘 못함. 다시 말해 모순의 아이콘. 일관성 있는 것이 하나 있다면 남녀노소 가리지 않고 웃기는 사람을 좋아하는 것. 언젠가 진짜 웃기는 글을 쓰고 싶다.

구남친들에게

자기소개서를 쓰기 위해 나의 생애를 돌이켜보니, 연애를 기준으로 몇 가지 중요한 기점이 돌아온다는 것을 알 수 있었다. 사람은 누구나 살면서 다른 사람의 영향(그것이 긍정적이든, 부정적이든)을 받으며 변하는데, 꽤 오랜 시간 가장 가까이 지낸 사람인 애인들로 인해 내가 변하는 것은 자연스러운 일이 아닌가. 연애란 내가 원하는 것과 애인이 원하는 것 사이를 왔다갔다 하는 일이기도 하고, 남(애인)의 영향에 가장 많이 노출되는 것이기도 하니까. 약간 비약하자면 지금의 나를 만든 것은 8할이 구남친인 셈이다.

그래서 나는 헤어진 애인들에게 이 자기소개서를 보내고 싶다. 자기소개서가 결국 '나'에 대해 설명하는 글이라면, 헤어진 애인들과의 관계가 곧 지금 내 모습의 근거가 된다고 생각한다. 각자가 나에게 어떤 의미였는지. 어떤 영향을 주었고, 덕분에 나는 어떻게 변했는지 한번쯤은 말해 두고 싶기도 하고. 아마 이것이 내가 어디에 썼던 자기소개서보다 더 솔직하고, 디테일한 자기소개서가 될 것이다.

그리고 혹시나 해서 말해 두는 p.s.

지금 움찔했을 여러분. 다시 뭘 어쩌자는 것도 아니고, 여러분의 치부를 폭로하려는 것도 아니니 너무 겁먹지 마시라. 그리고 김씨, 이씨, 박씨는 임의로 대한민국에서 제일 많은 성씨를 사용한 것뿐이다.

결석 메이트 김씨

나는 고등학교를 졸업할 때까지만 해도 아주 모범적인 학생이었다. 담임선생님은 물론 잠깐 다녔던 단과학원 선생님까지, 내가 만났던 거의 모든 선생님들은 나를 아주 예뻐하셨다. 정규교육과정 12년간 개근상을 놓쳐 본 적이 없었고, 지각은 물론 '야자'도 별로 빠져 본 적이 없었다. 초등학교 4학년 때인가. 어느 날 몸살감기로 고열에 죽도록 아팠는데, 초등학생의 멘탈로 아픔을 참고 일단 학교에 갔다가 조퇴할 정도였으니 약간 미련했던 것 같기도 하다.

그런데 대학교에 입학하고 첫 학기에 굉장히 충격적인 성적표를 받아 들게 되었다. 학사경고를 겨우 면한 수준의 성적이었다. (학사경고는 다음 학기에 받았다.) 수업에 잘 들어가지를 않았으니 당연한 결과였다. 덧붙이자면 이때 나는 교지편집부에서 수습기자 생활을 했을 뿐만 아니라 동기 수습기자였던 김씨와 목하 열애 중이었다.

내가 띄엄띄엄 수업을 들은 것에는 여러 가지 이유가 있었다. 일단 수업 듣는 것보다 다른 일들이 더 중요하다고 생각했다. 학점이야 나중에 수습할 수 있을 것이라고 생각했던 것 같다. 아무것이나 해도 되는 대학생활이 너무 신나기도 했고, 허세가 가미된 반항심도 있었다. 엄마 말이라면 잘 듣는 착한 어린이였는데, 머리가 커지고 보니 엄마 말에도 허술한 구석이 많다는 사실에 좀 삐뚤어졌던 것 같기도 하다.

무엇보다 나는 그때 내 한량 DNA를 예술가 DNA로 착각했기 때문에 '예술가란 이래도 된다'는 근거 없는 믿음이 있었다. 나는 스스로 자유로운 영혼이라고 믿었고, 좋은 글을 쓰는 사람이 될 것이라는 야심 찬 포부도 있었다. 당시에 김씨는 내가 하자는 일이면 무조건 따라 주는 친구였기 때문에 나는 신입생 시절에 그야말로 뭘 하든 내키는 대로, 내 마음대로 하고 다닐 수 있었다.

아르바이트를 할 수 있으니 돈도 있겠다, 수업에 안 들어가도 제재하는 사람이 없으니 시간도 남아돌겠다, 하자는 대로 맞춰주는 친구도 있겠다, 나는 김씨와 대책 없이 놀러 다녔다. 하루 종일 영화를 보거나, 소설책을 보면서 빈둥대거나, 온갖 드라마의 재방송까지 찾아보던 시절이었다. 좋게 생각하면 문화적 소양을 쌓았던 시기였고, 정확하게 말하면 대학생의 탈을 쓴 백수의 시절이었다. 내가 해야 할 일을 제쳐두고 그때그때 내키는 대로 말하고 행동하던 때, 그렇게 감정에 충실했던 때는 사실 이전에도 이

후에도 없었던 것 같다. 이전의 나는 엄마의 말에서, 요즘의 나는 회사의 인사고과에서 자유롭지 못한 영혼이니까.

김씨와 만나면서 해보고 싶은 것은 다 해봤지만, 그렇기 때문에 아쉬운 것도 있다. 그 대책 없던 시절의 마음으로는 다시 돌아가지 못할 것 같다. 김씨와의 관계에서는 서운한 것도 없고, 아쉬운 것도 없지만 그 시절이 지나가버렸다는 것은 가끔 서글프게 느껴진다. 수업에 빠지고 영화를 보러 가거나, 기말고사야 어떻게 되든 남자친구와 싸우는 것이 더 중요한 연애를 할 수 있는 시절은 다시 돌아오지 않을 것이다. 물론 그렇다고 그때처럼 연애를 하고 싶다는 것은 아니다. 어떤 시절을 그리워하는 마음은 분명히 있지만, 그때로 돌아가는 것이 정답은 아니라고 생각한다. 지금은 그때 내가 중요하다고 생각했던 것보다 더 중요한 것이 많이 생겼다. 그때의 나는 지금의 내가 아니다. 무단결근을 할 수 있는 강심장 회사원은 아니라는 뜻이다.

나는 최근에 몇 년간 고전하던 김씨가 드디어 밥벌이를 할 수 있게 되었다는 소식을 들었는데, 어떤 동지애가 느껴지면서 진심으로 축하해 주고 싶었다. 그렇게 대책 없었던 사람들이 지금은 각자 밥벌이를 한다고 생각하니 마음이 뭉클해지는 것이었다. 토익 점수를 만들고, 여러 단계의 시험을 통과하고, 회사에 지각하지 않고, 맡은 일을 제때 해낸다는 것이 예전의 나와 김씨를 생각하면 얼마나 대견한 일인가. 물론 지금쯤은 취업은 그 자체로 끝이 아니라 시작이라는 것을 실감하고 있겠지만. 함께 게으름과 무절제의 시절을 보낸 친구에게 '웰컴투헬'이라는 인사와 함께, 앞으로도 잘 살아남자는 위로와 격려의 마음을 보낸다.

나와 성향이 비슷했던 이씨

#1

모국어인 한글도 또박또박 말하지 못하던 유아기에, 나는 접속사를 던져 주면 뒤이어 문장을 만들어 내는 놀이를 아주 좋아했다고 한다. 문장이라고 할 만한 것도 아니었겠지만, 어쨌든 문장의 내용 자체는 접속사와 호응이 되도록 그럴싸하게 만들어 내서 엄마는 내가 신동이 아닐까 생각했다고 한다. 내가 특히 좋아했던 접속사는 "그러므로"였다고.

#2

초등학교에 다닐 때 학교 가는 길이 꽤 멀었는데, 오가는 길에 함께 다녔던 친구들에게 말도 안 되는 '공포특급' 유의 이야기를 지어내서 해줬던 기억이 난다. 어떤 이야기였는지는 정확하게 기억이 안 나는데, 청중의 반응을 봐가면서 즉흥적으로 지어낸 이야기였기 때문이다. 당시 유행하던 도시괴담의 짬뽕형태가 아니었을까 싶긴 하지만, 어쨌든 그때 내 이야기를 듣던 친구들의 표정은 기억이 난다. 내 이야기에 집중했을 때의 쾌감도.

#3

나는 경쟁심이라는 것이 별로 없는 어린이였기 때문에 엄마는 늘 나에게 "넌 욕심도 없니"라며 타박하시곤 했다. 그런 내가 너무 욕심이 나고 분해서 울었던 적이 있는데 소위 글쓰기를 잘하는 어린이들이 들어갈 수 있었던 '방과후 논술반'에 선발되지 못했을 때였다. 나는 논술반의 첫 수업이 있던 날 '내가 논술반에 뽑히지 못했다니!'라는 생각에 자존심이 팍 상해서 학교에서 집에 오는 길에 내내 조용히 눈물을 흘렸다. 애면 애답게 떼를 쓸 것이지……

내게 각인되어 있던 몇 가지 장면 때문에 나는 자연스럽게 '나는 글을 잘 쓰는 사람'이라고 생각했다. 어쨌든 글을 쓰는 일을 하고 싶다고, 글을 써서 먹고살 것이라고 믿었던 것 같기도 하다. 믿음의 발로로 여러 대학의 국문과를 지원했지만 떨어졌고, 영문과에 얼어 걸려 합격했는데, 운 좋게도 문학적 소양을 쌓을 수 있는 곳이었다. (하지만 영어 실력은… 자세한 설명은 생략한다.) 대학 신입생 시절에 교지 편집부에 들어간 것도 '글 쓰는 곳이겠지'라는 생각에서였다. 결과적으로는 글쓰기보다 다른 중요한 것들을 많이 배웠지만.

대학교 3학년까지만 해도 나는 글 쓰는 일에 겁도 없이 불나방처럼 덤볐다. 남들이 대기업에서 인턴을 할 때, 나는 작은 문화예술 월간지에서 인턴 기자—정확한 명칭은 대학생 리포터였다—로 1년간 일했는데, 그때 나는 내가 글을 진짜 잘 쓰는 줄 알았다. '뭘 하든 글 써서 먹고살지 않을까?'라고 겁도 없이 말했던 때였다.

이씨를 만난 것은 2007년 즈음, 내가 아르바이트로 방송국 막내작가 일을 했을 때였다. 이씨는 당시 계약직 조연출이었는데, 방송국 앞 편의점에서 음료수를 사주면서 본인이 쓰려고 하는 시나리오가 있는데, 재미있는지 한 번 들어 보라며 수작을 걸었다. 처음으로 함께 본 영화가 「300」이었는데, 나는 영화에 대해서 이야기하는 이씨를 보고 멋있는 오빠라고 생각했던 것 같다. 아마도 그때 이씨의 이야기가 「300」에 대한 진중권의 글과 비슷했기 때문이었을 것이다. 나는 아마도, 이씨처럼 되고 싶었던 것 같다.

친해지면서 알게 된 이씨는 나와 비슷한 면이 많았다. 눈치가 빠르고(내숭을 떨 수가 없었다), 새로운 일을 쉽게 배우지만 그만큼 금방 지겨워하고(둘 다 약간 잘난 척하는 타입이었다), 자존심이 강한 점(한 번 크게 싸우고는 뒤도 돌아보지 않고 헤어졌다)이 특히 그랬다. 나는 이씨와 내가 비숫한 점이 많다는 것을 느낄수록 나도 예술가의 DNA를 가진 것이 아닐까, 이씨 옆에 있으면 진짜 예술가가 될 수 있지 않을까 생각했다.

나는 이씨와 만나면서 '글 쓰는 일'에 대해서 좀 더 구체적으로 생각하기 시작했다. 글을 정말 쓰고 싶은가. 쓴다면 뭘 쓰고 싶은가. 소설인가? 기사인가? 그것도 아니면 이씨처럼 시나리오인가? 이씨는 조언하기를 나는 드라마를 쓰는 게 그나마 낫겠다고 했는데, 그것보다 글을 써 먹고 살고 싶다면 더 성실해야 한다고 했다. 매일 쓰고 공부해야 한다고.

나는 이씨 덕분에 글을 팔아 먹고사는 일을 하려면 자기관리가 철저하거나, 아주 절박해야 한다는 것을 알았다. 예술가의 필요조건은 자유로운 영혼이 아니라 무거운 엉덩이였다. 물론 나는 이씨와 타고난 기질이 어느 정도 비슷했지만, 이씨처럼 끈기가 있거나, 독립적이거나, 용기 있는 사람이 아니었다. 실제로 내 기억에 이씨는 성실한 사람이었다. 백수였을 때는 물론이고 생활비를 벌기 위해서 잠깐씩 직장에 다닐 때도 항상 시나리오 쓰는 일을 놓지 않았던 기억이 난다. 이씨는 꽤 안정된 직장에 2년쯤 출퇴근하기도 했는데, 영화를 만들기 위해 미련 없이 직장을 그만두는 것을 보고 나는 이씨가 정말 용기 있는 사람이라고 생각했다.

이씨에 대한 기억으로 아주 강하게 남아 있는 것 중에 하나가, 이씨가 장염으로 병원에 하루 입원했던 것이다. 나는 그때 어떤 이유에선지 함께 있지 못했는데, 거의 탈진 상태였던 이씨는 혼자 병원에 갔다고 했다. 혼자 응급실에 가서 수속을 하고 링거를 맞고 다음날 퇴원해 자취방에 누워 있는 이씨를 보면서 나는 많은 생각을 했다. 내가 이씨처럼 내가 하고 싶은 일을 하겠다고 지금 당장 부모의 지원을 끊고 자생할 수 있을까. 모든 것을 혼자 감내할 자신이 있나. 나는 나의 재능에 그만큼의 확신이 있나. 혹은 그만큼의 간절함이 있나.

고백하건대 나는 이씨 덕분에 내가 예술가가 아니라는 걸 알았다. 예술가는 한편으로 프리랜서이고, 그래서 늘 불안함과 혼자 싸워야 한다는 것을 옆에서 보면서 실감했다. 제재하는 사람이 아무도 없는데도 자기에게 얄짤 없이 평가를 내리고 스스로를 다그치는 생활이 얼마나 어려운 일인지 간접체험하고 난 후, 나는 감히 창작자가 되고 싶다고 말할 수가 없었다. 나는 그 생활에 뛰어들 배짱이 없었다. 나는 평범하고 안락한 나의 환경을 우습게 여기면서도 그 안락함에 거의 중독된 상태였다.

나는 주변의 시선에서 (생각했던 것보다 훨씬 더) 자유롭지 못한 사람이었다. 주변의 시선과 평가, 기대에 결국 혼자서 싸울 자신이 없었다. 예술가가 되기에는 소심하며,

독립적이지 못한 인간이라는 사실도 차츰 인정했다. 나는 조직에서 일정의 책임을 져야 하는 상황, 자칫하면 다른 조직원에게 피해를 줄지도 모르는 상황에서 능력이 발휘되는 사람이었다. 다시 말해, 생각보다 회사원 체질이었던 것이다. 나는 나름의 절충안으로 방송국 소속의 PD가 되는 것을 꿈꾸기도 했다. 하지만 방송국 입사시험이란 나름의 절충안이라는 마음으로 준비하고, 합격할 수 있는 시험이 아니었다. 처음으로 응시한 방송국 입사시험에서 당연히 떨어지고 난 후, 나는 그야말로 큰 산을 마주한 기분이었다.

지식인은 방송국 PD 시험에는 토익점수와 학점이 크게 중요하지 않다고는 했지만, 막상 재시험을 준비하려고 하니 제대로 된 토익점수가 없고 학점도 엉망이라는 사실이 영 걱정이 되었다. 패기 있게 "대학생활에서 토익점수가 그렇게 중요해? 학점이 그렇게 중요해?"라고 싸놓은 말들을 할 수만 있다면 주워담고 싶었다. 하지만 뒤늦게 후회해 봐야 소용없었고, 일단 토익점수부터 만들어야겠다 싶어 강남에 있는 토익 학원에 등록했다.

토익학원 인기강사의 수업시간에 팔을 펴기도 어렵도록 다닥다닥 붙어 앉아 단상 위에서 연예인처럼 마이크를 찬 선생님을 쳐다보고 있으려니 오만가지 생각이 들었다. 이씨가 고독하게 혼자 견디는 시간만큼, 그 학원에 앉아 있는 동지들도 외롭고 힘들어 보였다. 어느 쪽이든 쉬운 건 없었다. 나는 그때 '이도 저도 아닌 상태로 시시하게 살게 되는 것은 아닐까'라는 생각에 잔뜩 움츠러들었다.

나의 글쓰기 능력에 대한 신뢰가 거의 바닥을 치고, 지난날을 후회하며 시간을 보내던 그때, 아이러니하게도 '글을 써 본 애가 필요하다더라, 일해 볼 생각 있냐'는 제안을 받았다. 인턴으로 일했던 잡지사의 선배가 소개해 준 디자인 회사의 에디터 자리였다. 나는 기꺼이 면접을 보겠다고 했다. 방송국 PD 시험을 보더라도 일을 하면서 준비하는 편이 낫다고 생각했고, 토익학원 환불기간이 남아 있기도 했다.

방송국 PD 시험에는 결국 합격하지 못했고, 디자인 회사에서 5년간 꽤 행복하게 일하긴 했지만, 가끔 이씨가 생각이 날 때면 내게 어쩌면 작은 잠재력이 남아 있는 것은 아닐까, 이렇게 살아도 괜찮은 걸까 조바심이 나기도 했다. 물론 그건 아직 여물지 않아 물렁한 욕심일 뿐이었다. 지금도 그 욕심이 전혀 단단해지지는 않았다. 새해 다짐으로 일기를 자주 쓰자고 다짐하는 정도일 뿐이다.

사족으로, 언젠가 내가 이씨의 영화학교 입학을 위해 추천서를 썼던 적이 있다. 이 사람이라면 분명히 좋은 영화를 만들 것 같다고 호언장담했었는데, 아직 그 믿음에는 변함이 없다. 어떻게 지내고 있는지는 모르겠지만, 언젠가 영화관에서 엔딩 크레딧에 올라간 이씨의 이름을 보게 된다면 좋겠다. 그간의 노력이 꼭 결실을 봤으면 좋겠고, 내 입장에서도 유명 영화감독의 전여친인 쪽이 더 좋으니까.

여러모로 미안한 박씨

첫 직장인 디자인회사는 각종 인쇄물, 잡지, 단행본도 만드는 에이전시였다. 내가 일한 부서는 그 중에서도 '디지털사업부'라는 곳이었는데, 전혀 디지털스럽지 않은 내가 디지털사업부에 들어갈 수 있었던 것은 당시에 웹진이 유행처럼 많이 만들어지던 시기였기 때문이다. 기업에서 사내보/사외보를 웹진으로 만들고 싶어 하는 수요가 있었고, 에이전시에서는 웹에 대한 이해와 동시에 콘텐츠에 대한 감이 있는 사람을 필요로 했다. 그리하여 나는 첫 회사에서 기사를 직접 쓰기도 하면서, 필자 관리를 하기도 하고, 웹 기획 일도 배울 수 있었다.

　나는 에이전시의 생리에 대해서 전혀 모르고 일을 시작했다. 직접 겪어 본 에이전시는 일이 많고, 일이 많으며, 일이 많은 곳이었다. 아무래도 클라이언트의 요구에 빨리, 정확히 대응해야 하고 일의 시작과 끝을 예측하기 어렵기 때문에 야근이 많았다. 야근이 많다 보니 직장 동료들과 붙어서 일하는 시간이 많았고, 친구들을 만날 시간은 점점 줄어들었다. 나는 자연스럽게 직장 동료들과 더 가까운 사이가 되었고, 회사에서 보내는 시간은 갈수록 늘었다. 그때 만났던 남자친구 박씨에게는 미안한 일이 빚처럼 쌓였다.

에이전시가 상대적으로 일이 많은 것은 사실이지만, 회사의 모든 사람들이 나처럼 일하지는 않았다. 솔직히 말하자면 정말 시간이 없어서가 아니라, 회사에서의 관계가 남자친구와의 관계보다 먼저였기 때문에 남자친구를 서운하게 하는 일이 많았다. 회식 때문에 박씨와의 약속을 취소하는 일도 있었고, 내가 회사에 있는 시간이 많으니 박씨가 자주 회사 근처로 찾아오곤 했다. 친한 회사 동료들이 모두 한 번씩은 박씨의 얼굴을 봤을 정도였다. 아마도 처음 하는 사회생활이었고, 회사의 동료들을 인간적으로 많이 좋아했기 때문에 회사와 내 사생활을 분리하는 법을 전혀 몰랐던 것 같다. 일과 삶이 분리되지 않는 생활이 차라리 편하다는 생각도 했던 것 같다.

돌이켜보면 나는 내가 하는 일이 많다는 사실 자체에 취해 있었다. 내가 일을 장악하고 있다는 느낌을 받을 때의 쾌감에 더 많은 일을 하겠다고 나서기도 했다. 내가 없으면 일이 제대로 돌아가지 않을 것 같다는 불안감은 동시에 성취감이기도 했다. 마치 내가 대체불가능의 인력이 된 것 같은 기분이었다. (지인은 이런 나를 두고 마조히스트냐며 놀렸다.)

내가 박씨에게 일이 많아서 힘들다는 하소연을 할 때마

다 박씨는 회사 일에 그렇게 매달리지 않았으면 좋겠다고 조언했다. 회사는 회사일 뿐이라고. 그렇게 일하지 않아도 된다고 자주 이야기했던 것이 기억난다. 늘 남에게 피해가 되지 않아야 한다는 생각으로 애를 쓰지만 나를 위한 일에는 너무 게으르다고 말해 주었던 것도. 아마도 남의 시선을 많이 의식하는 성격에서 비롯된 태도였을 텐데, 박씨는 내가 그런 모습을 보일 때마다 아주 속상해 했다. 나는 "이쪽 일을 잘 몰라서 그래"라면서 '답정녀'의 태도를 고수했는데, 그때마다 박씨가 얼마나 답답했을까 생각하면 또 미안한 마음이 든다.

그럼에도 불구하고 내가 박씨와의 관계를 이어 갈 수 있었던 것은, 박씨가 내게 도움이 많이 되는 사람이었기 때문이다. 에이전시는 결국 '을'이 될 수밖에 없는 일인데 처음에는 그 사실이 좀 자존심이 상했다. 클라이언트와의 관계가 불합리해서, 열악한 업무환경 때문에. 내 일이 중요하지 않은 일 같아서 자존감이 무너질 때가 많았는데, 그때 마음을 다독여 준 것이 박씨였다. 내 입으로 말하기 좀 쑥스럽지만, 박씨는 날더러 예쁘고, 똑똑하고, 유능하다고 거의 매일 칭찬해 줬다. 나는 그런 칭찬이 너무 어색해서 아니라고 손사래쳤는데, 사실은 그 말을 차곡차곡 쟁여 놓고 있었던 모양이다. 나를 끊임없이 지지해 주고 칭찬해 주는 사람이 있다는 것이 정서적인 안정감에 큰 영향을 준다는 사실을 이때 알았다. 내게는 그런 사람이 아주 필요하다는 것도.

박씨와 헤어지고 나서, 나는 5년 만에 이직을 했다. 이직한 회사는 소위 '갑'이라고 할 만한 회사였고, 업무환경도 좋은 회사라서 축하도 많이 받았지만, 나름대로는 고민이 많았다. 내가 해온 회사생활이란 맡은 업무와 연봉, 복지수준으로는 다 설명할 수 없는 것이었기 때문에 새로운 회사로 간다는 것이 마치 (결혼은 안 해봤지만) 친정을 두고 시집가는 기분이었다. 가족보다 더 자주, 애인보다 더 가깝게 지냈던 회사 식구들을 뒤로하고 퇴사할 때의 묘한 죄책감과 상실감은 뭐라고 설명하기 어려운 것이었다. 나를 아주 예뻐했던, 그리고 나의 퇴사로 당분간은 곤란한 상황에 처할 것이 분명한 팀장님의 얼굴만 보면 눈물이 났다. 나는 마치 권고사직 당한 직원처럼 울면서 퇴사했다.

이직한 후 나는 요즘 좀 기가 죽어 있다. 새로운 환경에서 새로운 일을 하려니 스스로가 여간 바보같이 느껴지는 것이 아니다. 사소한 메일 하나 보내는 것도 신경이 쓰여 죽을 지경이고, 잘 하던 일도 '이게 진짜 맞나' 다시 생각하게 된다. 나는 박씨와 연애한 이후로 이렇게 의기소침해질 때, 기가 죽을 때 나를 칭찬해 주던 박씨가 생각난다. 박씨는 내가 이렇게 눈치를 보거나 남의 시선을 신경 쓰며 괴로워할 때마다 심적으로 도움을 줬던 친구니까.

얼마 전에 박씨가 내게 사줬던 책에서 홍상수 감독과 에릭 로메르 감독에 대한 글을 찾아 다시 읽었다. 박씨와 함께 에릭 로메르의 영화를 보다가(아마도 「녹색광선」이었을 것이다), 내가 홍상수 감독과 에릭 로메르 감독의 영화가 어딘가 비슷하다고 이야기했더니 이 책을 선물했었다. 아마 내가 기가 죽어 있을 때 이 책을 꺼내 읽은 것이 그냥 우연은 아니었을 것이다.

나는 '안 그래야지' 생각하면서도 여전히 남의 눈치를 많이 보고, 남의 시선을 많이 의식한다. 박씨가 그렇게 고쳤으면 했던 일하는 태도도 아직은 바뀌지 않았다. 사람은 쉽게 변하지 않는 법이고, 한번 굳어 버린 일하는 패턴은 쉽게 바뀌지 않았다. 새로 입사한 회사에 출근하면서 박씨가 말했던 것처럼 회사생활을 좀 다르게 해보자고 다짐했는데, 아직은 일단 새로운 생활에 적응하기 바쁘다. 그래도 전처럼 회사생활과 내 생활은 분리하지 못한다거나, 동료와의 관계를 필요이상으로 친밀하게 가진다거나, 부탁을 거절하지 못한다거나 하는 식의 패턴에서는 조금 벗어난 것 같다. 개인적으로는 칭찬이 후한 박씨와 연애하면서 자기비하 하는 습관은 조금 고쳤고, 스스로에게 많이 너그러워지기도 했다. 솔직히 박씨와의 연애가 눈에서 불이 번쩍 나고, 옆에 없으면 보고 싶어 안달 나는 '열애'는 아니었지만, 박씨가 아니었다면 첫 사회생활을 견디기가 훨씬 어려웠을 것이라고 생각한다. 취향을 공유하는 즐거움은 인센티브였다. 박씨와 연애하던 그때가 내 문화생활사의 르네상스였으니까.

내가 박씨에게 더는 좋아하지 않는다고 헤어지자고 말했을 때가 종종 생각난다. 그때 나는 박씨가 나를 좋아하는 만큼 내가 박씨를 좋아하지 않는 것에 죄책감을 느끼고 있었다. 이런 미지근한 감정으로 관계를 붙들고 있는 건 그저 박씨를 속이는 일이라고 생각했다. 나는 밀당은커녕 다들 잘만 타는 썸도 잘 못 타는 사람이고, 연애=열애이지 다른 옵션은 없다고 생각했기 때문에 빨리 관계를 정리하는 것이 서로에게 좋겠다고 생각했다. 그게 의리라고 생각했던 것 같기도 하다. 나는 회사에서는 부탁도 거절하지 못하고 모두에게 좋은 사람이 되고 싶어 스스로를 힘들게 만드는 사람이었는데, 박씨에게는 왜 그렇게 단호하게 했는지 지금도 잘 모르겠다. 그리고 결혼 적령기(!)를 지나고 있는 요즘, 단호박으로 빙의해 내렸던 그 결정이 잘한 것인지도 사실 모르겠다. 그렇게까지 단호할 필요는 없었는데, 왜 그렇게 결벽증 환자처럼 굴었나 싶다.

지난 일은 지난 일이고, 나나 박씨나 아마도 다시 볼 일이 없는 사람들이지만, 이 기회를 빌려 말하건대 박씨는 내게 버티는 힘을 길러 준 고마운 애인이자, 가장 말이 잘 통하는 친구였다. 그리고 마지막으로 박씨가 빌려 줬던 만화책『러프』와『주식회사 천재패밀리』전권이 내게 있는데 혹시 필요하면……그냥 새로 샀으면 좋겠다. 마지막 선물이라고 생각하시고. 내가 신혼집으로 택배를 보낼 수도 없지 않은가!

서른 다섯,
어떤 예감

임
수
민

임수민

회사원이 되어 있을 줄 예전엔 미처 몰랐던 그냥 회사원.
일과 생활을 분리하지 못해 대체 어떻게 해야 그 둘을 분리할 수 있을지 궁리
중. 사랑이 하고 싶고, 이직도 하고 싶으나 힘이 딸려 보약이나 한첩 더 지어먹을
까 생각하고 있다.

이 긴 글로 말할 것 같으면...

아래의 긴 글은 현재 재직 중인 네 번째 직장에 다니면서 이직을 위해 적은 자기소개서이다. 지금 직장에 근무한 지가 만으로 4년이 지난 상태이고, 약 4년 만에 처음으로 자기소개서를 써 본 것이다. 그간 이직이고 뭐고 '닥치고 일' 모드였기 때문에 4년이 아니라 8년을 다닌 것 같은 이 회사에 아직 다니고 있으면서 4년, 그리고 그보다 더 먼 과거로까지 돌아가 회상해야 했던 사회생활 풀스토리를 '자기소개서'라는 정제된 형식의 글로 정리하는 것은, 이직에 대한 염원이 그만큼 간절하지 않다면 하기 힘든 작업이었다. 4년을 다녔으면 어느 정도 일에 익숙해지고 또 자리도 잡았을 터임에도 불구하고 현실에 안주하지 않고(혹은 안주하지 못하고) 나처럼, 이렇게 야밤에 시간을 내 자기소개서를 쓰고 있는 직장인들에게 캔맥주를 들어 건배하고 싶다.

본래 이 글은 내가 이직을 원했던 모 기업의 채용 사이트에서 제시한 항목별 분량을 준수한 것이었다. 그러나 자기소개서의 제 역할을 다하지 못하고 그만 탈락자의 반열에 이름을 올리고 말았다. 성공 사례도 아니니만큼 독자들의 빠른 흐름 이해를 돕기 위해 원고의 상당 부분을 추려내고자 한다. 앞 부분 첫 직장 이야기~네 번째 직장이야기까지는 경력기술서에 해당한다. 그리고 뒷부분은 본격적으로 이직을 하고자 하는 회사에 나를 셀링하고자 했던 진짜 자기소개서 부분이다. 디테일하게 기술한 부분을 많이 덜어냈기 때문에 내가 쓴 자기소개서의 간절함이나 비굴함이 조금 감춰지게 되었다. 이 부분에 대해 미리 언급해 두고자 한다.

나의 경력기술서

첫 사회생활을 잡지사 기자로 시작했다. 전통 있는 영화잡지 월간 S모 잡지의 자매지로 창간된 지 얼마 안 되었던 한류 월간지의 기자로 일했다.

주된 업무는 배우나 가수들을 인터뷰하는 일이었다. 어느 회사나 같은지는 몰라도 잡지사의 경우는 막내기자의 업무량이 절대적으로 많다. 그래서 마감 시즌이 돌아오면 일은 무척 고되었지만, 한 사람의 기자로서 제몫을 다했다고 자부하고 있다. 일반적으로 쉽사리 만나기 힘든 연예인들을 일상적으로 인터뷰하는 일은 사실 무척 설레고 특별한 경험이기도 했다.

(내가 그만두고 얼마 지나지 않아 잡지는 폐간되었고 회사도 망했다. 당시 잡지 시장이 워낙 얼어붙었고, 내로라했던 잡

지였어도 버틸 재간이 없는 상황이었다. 내가 잡지기자를 그만둔 것은 다른 업종으로의 이직을 희망했기 때문이었다.)

잡지 기자를 그만둔 직후 잠깐 아르바이트로 시작한 일이 몇 개월 동안 유지되었다. 디자인 회사에 들어가게 되었고, 당시 2008년 총선을 앞둔 시점에서 국회의원 홍보물에 사용될 카피를 쓰는 것이 맡은 업무였다.

총선 홍보물 카피라이터로 시작된 아르바이트(?) 3개월의 결과로 '18대 총선 최대 이변'으로 불렸던 K 전 국회의원의 당선에 기여했다는 점은 또 하나의 성취로 꼽을 수 있을 것이다. 단순히 카피만 작성하면 되는 아르바이트 일로 생각하고 일을 시작했지만 사측에서는 상근을 원했고 결국 3개월 동안의 업무량은 생각했던 그 이상이었다. 일례로 혼자 경남 사천에 있던 K의원의 선거캠프에서 '클라이언트'였던 보좌관들과 숙식하며 지냈던 것 또한 지금 생각하면 다시 하기 힘든 경험이었다. 보다 나은 홍보물의 이미지를 얻기 위해 추운 겨울 하루종일 사천, 삼천포 일대를 돌아다니며 사진 촬영을 기획하고 현장에서 발로 뛰었던 것은 지금도 참 고생스러웠다고 회상된다. 하지만 결과가 워낙 좋았기에 뿌듯한 마음이 더 큰 것도 사실이다.

세 번째로 들어간 직장은 사보, 사내신문을 기획, 편집하는 곳이었다. 나의 강점인 취재를 하거나 필자를 섭외, 관리하는 것이 주 업무였다. 비록 규모가 작은 회사였지만 이전 잡지사에서 유명 연예인을 인터뷰하고 다닐 때와 비교해 일의 보람이 떨어지거나 하지는 않았다. 한 회사에 속하는 콘텐츠를 꾸준히 제작해 나간다는 일관성에 대해서도 개인적으로는 안정감과 만족감을 느꼈다. 한 대기업의 사내신문을 제작하면서 매주 인천, 당진, 포항으로 취재를 다녔는데, 몸이 고된 것보다 한 가정을 책임지며 밝은 모습으로 생활하는 지방의 생산직 근로자들을 보며 오히려 삶을 대하는 보다 진지한 자세를 배울 수 있었다.

국회의원 홍보 일을 하면서부터이기는 했으나, 이곳에서 비로소 본격적인 '클라이언트 잡'의 세계로 뛰어든 셈이었다. 작지만 어엿한 매체의 기자였던 사회 초년시절을 거쳐 '프로페셔널'의 자세로 고객사의 일을 대행하는 일을 하면서 점차적으로 단순히 맡은 일을 수행하는 역할을 벗어나 적극적으로 기획, 제안을 해서 일을 성취해 보고 싶다는 생각을 갖게 되었다. 회사는 가족적인 분위기였지만, 규모가 작아 이런 열망을 뒷받침하는 데 한계가 있었다.

분명한 건, 클라이언트와의 관계는 좋은 편이었다는 점이다. 내가 담당했던 대기업 홍보팀으로부터는 내가 일을 그만두면 자신도 따라 그만두겠다는 농담 같은 칭찬을 듣기도 했었으니까(실제 그 말은 내가 다음 회사로 이직한 이후 현실화되었다).

네 번째로 이직한 곳은 편집디자인 분야에서 전통 있는

한 회사의 디지털사업부 콘텐츠&커뮤니케이션(CC) 팀이었다. 내가 속한 CC팀의 경우는 2010년 당시 기업의 웹진 제작을 담당하고 있었기에 웹 콘텐츠 인력에 대한 수요가 있었다. 초반에 맡은 일은 기본적으로 사보 제작과 크게 다르지 않았다. 한 보험사 웹진의 콘텐츠 제작 및 운영을 맡아 2010년 한 해를 일했으며 뉴스레터 제작과 함께 간간이 이벤트 기획 등도 진행했다.

30대가 갓 시작된 나이에 이직한 곳이었기 때문에 이 회사에서, 그간 충족하지 못했던 많은 부분을 얻기 위해 무엇보다 '열심히 일하는 것'이 중요하다고 판단했다. 웹에 대해서는 특히 무지한 경력을 가진 터라 모르는 만큼 노동의 시간과 강도로 부족함을 메워야겠다는 강박이 있었던 것도 사실이었다.

나의 자기소개서*

저는 귀사의 웹 기획 파트에 지원하고자 합니다. 웹 에이전시에서의 경험을 보다 발전시켜 전문가로 성장하고 싶습니다.

현재 A회사 디지털모바일사업부 기획1팀에서 웹 서비

---

*요청사항: 지원한 직무에 관해 본인만의 강점과 경력사항이 무엇인지 자세히 기술해주세요.(총 글자수 3000 자 이내/ 6000 byte)

스 기획을 하고 있습니다. 초반 직무가 웹 콘텐츠를 중심으로 이를 심화하는 단계에 중점을 두었다면, 현재는 웹 서비스 플로와 틀을 만드는 일을 하고 있습니다. 웹 콘텐츠 기획을 맛있는 음식을 만들어 내는 일에 비유한다면, 웹 서비스 기획은 그 음식을 보기 좋은 그릇에 담아 식사를 즐길 수 있는 분위기를 적절히 조성하고 관리하는 일이라고 생각합니다. 이 두 가지 업무에 대한 종합적인 경험을 갖춘 저는 귀사가 선택할 수 있는 최상의 선택으로서 저를 추천하고자 합니다.

웹을 기반으로 모바일 서비스에 이르기까지 저의 가능성은 디바이스의 이행 과정과 그 흐름을 같이하고 있습니다. 웹진을 거쳐 브랜드 사이트 운영, 프로모션 사이트 구축, 하이브리드 앱 콘텐츠 제작과 구축 등 웹 트렌드의 최전선에서 실무자로서 강도 높은 경험을 쌓았습니다.

저는 지금 몸담고 있는 저희 사업부 내에서 웹 콘텐츠 분야로 특화된 인재였습니다. 입사한 지 얼마되지 않아서부터, 잡지 한 호 분량의 콘텐츠를 혼자서 제작했었기 때문에 사내에서는 저를 대신할 사람이 없을 정도였습니다. 분야의 특이성이나 업무 강도, 두 가지 면에서 그러했습니다. 그렇다고 해서 저의 영역이 웹 콘텐츠에만 국한된 것은 아니었습니다. 웹을 기반으로 한 매체를 제작함과 동시에 그 매체를 모니터링하고 매체를 이루고 있는 틀을 유지, 관리하는 일 또한 저의 업무에 포함되었기 때문입니다. 다른 회사에서 온 동료는 저의 업무 강도를 보고 혀를 내두르며 두세 업체에서 붙어 할 일을 혼자서 하고 있다고 말하기도 했습니다. 그렇게 하드 코어한 업무량을 소화해낸 데는 약간 미련한 면이 있어서인지도 모르겠습니다.

요즘의 웹 트렌드를 보면 블로그나 웹진의 시대는 지났다고도 합니다. 웹 콘텐츠 제작을 의뢰하는 경우가 많이 줄어든 데다 회사 차원에서도 보다 앞선 분야의 레퍼런스를 필요로 하기 때문입니다. 몇 년 전까지만 해도 웹진 제작을 의뢰하는 클라이언트의 요청이 쇄도했으나 지금은 그렇지가 않은데, 그 이유는 수요가 줄기도 했고 회사 차원에서도 비슷한 일을 계속 하기보다는 업계에서 살아남기 위한 방편으로 보다 다양한 디바이스를 아우르는 일을 우선시하기 때문입니다. 저 역시도 자기 계발적인 측면에서 온라인 마케팅의 트렌드가 달라지는 환경 속에서 콘텐츠 제작만을 고집해서는 해낼 수 있는 업무의 반경이 점차 좁아질 것이라는 생각을 늘 해오고 있었습니다.

한 이동통신사의 30주년 온라인 사사 제작에 콘텐츠 PL로 참여한 이후 2014년 올해부터는 팀을 옮겨 웹 서비스 기획자로 본격적으로 업무에 매진하고 있습니다. 사실 2013년에 해당 프로젝트에 투입되기 이전부터 저는 식품 대기업의 B 브랜드 사이트 유지·운영과 신규 브랜드 T의 프로모션 사이트 구축을 진행하면서 웹 서비스 구축 및 제안 작업에 주도적으로 참여했고 회사 차원에서도 이런 저의 열정과 노력을 인정해, 웹 서비스 기획 팀에서 수주한 사이트 구축 건의 PL로 저를 참여시킨 바 있었습니다. 낮에는 유지운영 업무를 하면서, 업무 시간이 종료된 저녁 시간에는 저에게 맡겨진 구축 건에 대한 스토리보드 작업을 늦은 시간까지 진행하곤 했습니다.

현재는 스타트업 엑셀러레이팅 사업 관련 서비스 사이트를 기획 중이며 이 일은 그간 가졌던 웹 서비스 기획 및 사이트 구축에 대한 갈증을 충분히 해소시키고도 남음이 있습니다. 이 과정에서 저는, 지금까지 웹 에이전시에서의 경험이 다양한 업종의 클라이언트를 상대하고 이들의 필요사항을 충실히 반영하는 기획을 진행한 것이었다면, 이제는 인하우스의 입장에서 주도적인 기획하에 프로젝트를 성공적으로 완수해 보고 싶다는 열망을 갖게 되었습니다. 실제 올 상반기 회사 30주년을 맞이한 회사 사이트 리뉴얼 작업에 참여하며 그러한 열망은 더 간절해졌습니다. 만약 귀사에서 웹 기획자로서의 새로운 출발을 하게 된다면 제 삶이 보다 진취적이고 활력 있는 전기를 맞이할 수 있으리라는 기대감을 갖고 있습니다.

저는 시야를 넓게 보고자 합니다. 웹과는 사실 크게 관련 없어 보이는 인터뷰 섭외나 취재, 기사 작성, 글에 대한 편집 같은 분야에서 제가 쌓은 경험은 단순히 이직을 위한 경력이 아닌, 앞으로 제가 살아감에 있어 필요한 가장 큰 자산으로 생각합니다. 다른 이들의 이야기를 주의 깊게 듣고, 이를 콘텐츠로 생산해 온 경험은 클라이언트를 상대할 때뿐만 아니라 사내 동료들과의 긍정적인 유대관계를 다져나갈 수 있는 밑거름이었습니다.

일례로 저는 2012년 사내 전체 평사원 모임의 회장을 역임하면서 역대 가장 기억에 남을 만한 송년회를 기획했고, 이를 통해 사원들뿐 아니라 간부사원들의 뇌리에도 깊은 인상을 남긴 바 있습니다. 이듬해 시무식 날까지도 사장님에게서 칭찬을 들었을 정도였으니까요. 디자이너, 웹 퍼블리셔, 프론드엔드 개발자 분들과도 돈독한 유대관계를 자랑하며 사업부 내 분위기 메이커 역할을 하곤 했습니다. 저의 이 같은 친화력은 첫 인상으로는 여간해서 사람들에게 잘 전해지지 않지만 제 주위에는 이를 입증해 줄 많은 동료들이 있습니다. 또한 지금까지의 제 모든 성취는 이 같은 훌륭한 동료들의 적극적인 도움과 선의가 아니었다면 존재하기 힘든 것도 사실입니다.

웹 콘텐츠 제작 경험은 웹 서비스 기획의 경험과도 긴밀하게 결부돼 있습니다. 결국 사람을 상대하는 매체와 서비스를 기획하는 일이고, 이는 디바이스가 아무리 바뀐다 해도 결코 달라지지 않는 본질이라고 생각합니다.

귀사의 주력 업종인 가구 제조 및 인테리어 사업 또한 인간의 전 생애에 걸친 라이프 스타일의 변화에 맞게 UI를 기획하고, 보다 나은 UX를 제공하는 일이 아닌가 생각합니다. 통섭의 개념에서 볼 때 어느 한 분야의 장점을 가지고 있다면 그것이 전혀 소용되지 않는 분야란 세상에 존재하지 않는다고 생각합니다.

저의 장점을 긍정적으로 생각해 주신다면, 효율성 측면에서 최상의 선택을 한 것이 될 수 있도록 노력할 생각입니다. 평소 귀사의 다양한 시도나 브랜딩, 마케팅 방향성에 대해 긍정적인 생각을 가져 왔기 때문에, 이번 경력직 공채는 저로 하여금 A 입사 이후 최초의 이직 시도를 하게 만들었습니다. A에서 제 30대 초반의 열정을 불태웠다면, 이제는 귀사에서 저의 남은 30대의 열정을 다해 일해 보고 싶습니다. 여기까지만 말씀 드리고 더 궁금하신 점에 대해서는 면접 자리에서 직접 뵈었으면 합니다. 두서 없는 긴글을 읽어 주신 점, 깊이 감사 드립니다.

사실은 이러저러한 나의 이야기

결과? 쪽 팔리지만 망했다.

최근 위와 같이 자기소개서를 썼으나 떨어졌다. 너무 오랜만에 써본 자기소개서였기 때문이었나. 회사가 원하는 방향과 맞지 않는 자기소개서였을 수도 있다. 운도 작용할 것이고, 한편으로 내가 자기소개서를 쓸 적에 그 회사 내부의 실제 사정을 알지 못하고 나의 본위로 두서없이 적게 되기 때문이기도 할 것이다. 합격과 낙방이라는 결과에는 당사자의 운의 좋고 나쁨이라는 변수와 더불어서 회사의 운때 또한 작용할 것이라는 생각이다. 내가 이 회사와 아무리 맞는(?) A라는 자질을 갖고 있어도 회사에서는 때마침 B라는 자질의 인물을 찾고 있었다. B를 찾기 위해 A는 과감히 스킵, 그래서 나와 내 자기소개서가 서류심사에서부터 탈락했을지도 모른다. 하지만 이것은 꽤나 내 편의적이고 주관적인 생각일 뿐, 뭐 결국은 떨어졌다.

자기소개서가 취업이나 이직에 있어서 아주 결정적인 요소는 아니라고 생각하지만, 서류심사에서 걸러진 지금 같은 상황에서는, 내 손에 쥐어진 단서가 이 자기소개서뿐. 적어도 면접을 한 번이라도 볼 수 있었다면 떨어진 이유는 더 다양할 수 있었겠지만(면접시간에 늦거나 말도 안되는 실수를 해서, 내 얼굴이 못생긴 건 아니지만 재수없게도 면접관의 과거 나쁘게 헤어진 애인과 닮아서 등등) 현재로서는 이 자기소개서 때문에 내가 떨어졌다고밖에 생각할 수 없다. 자기소개서에 드러난 내 나이, 경력, 스펙 등이 원하는 기준에 맞지 않았을 수도 있겠다. 하지만 향후 다른 회사로 이직 또는 전직을 원하게 될 시에도 나는 결국 이 자기소개서를 새로 쓰거나 고치고 있어야 할 것이다. 타인의 편의적인 기준인 나이, 경력, 스펙 같은 팩트들을 현재의 내가 컨트롤하려면 '신분 세탁'이나, 다음 세상을 기약하는 것 밖에는 별다른 뾰족한 수가 없는 나약한 현실에서 내가 붙들어야 하는 건 나를 셀링하는 글, 자기소개서다.

나를 살 것인가, 말 것인가는 사실 회사의 의지에 달려 있다. 이 같은 일방적인 상황 속에 놓인 구직자는 정보를 잘 탐색해서 '회사에 맞는 완벽한 인재로서의 나'를 잘 포장한 글을 쓰든가 아니면 '나는 이런 사람이니 안 사면 손해!'라는 식으로 노선을 잡아야 할 것이다. 어느 정도 운도 작용할 것이다. 그 회사가 '20대 후반의 운전 잘하고 일 잘 시켜먹을 남자 직원이 필요함'이라는 명확한 기준을 갖고 있을 때는 사실 나의 재량과는 무관할 것이다.(또 이런 기준은 구직 공고에 명시하지 않을 때가 더 많다.) 인사담당자가 나이나 성별 관계 없이 '어떤 사람이 있는지 한번 볼까?' 하는 여유로운 마음으로 자소서를 훑을 적에 때마침 내가 아주 매력적이면 될 것이라는 생각인 것이다. 인사담당자의 개인적인 기준이나 취향에 어긋나지 않는 수준에서 나의 매력적인, 이를 테면 생각이라든가 삶을 대하는 태도 같은 것, 아니면 내가 살면서 몸담은 조직이나 만나 온 사람, 좋아하는 책이라도! 우연히 인사담당자의 경험이나 기억과 중첩되는 부분과 얻어 걸리면 그에 따른 인간적인 호감에 편승해 면접대상자 리스트에 이름을 올리게 될 것이라는 것이 자기소개서에 대한 나의 낙관적인 견해다.

그렇다면 앞서의 자기소개서는 '매력적인 나'를 잘 드러내는 글이었는가? 이 물음에도 쉽게 답은 나오지 않는다. 내 삶이 흘러온 이야기에 매력을 느끼는 것은 철저히 상대방의 의지에 국한되는 사항 같기 때문이다. 다만 나는 내 삶을 해당 회사의 버전으로 편집을 잘 했는가의 견지에서 내가 쓴 자기소개서를 뜯어봐야 할 것 같다.

해당 기업은 가구 기업인데, 나는 가구와는 별 인연이 없는 삶을 살아 왔다. 일반적으로 신입이면 더욱 그렇고 경력직이어도 이런 난관에 종종 봉착하게 될 것이다. 잡지사 기자로 첫 사회생활을 시작했지만 이전에는 잡지와 별 관련 없는 삶을 살았다. 물론 누구나 가구를 쓰고 잡지를 보지만 막상 어떤 필연적인 연결고리를 찾는 것은 쉽지 않다. 나는 경력직 자기소개서를 쓴 것이기 때문에 가구 이야기를 굳이 할 필요는 없다고 생각했다. 하지만 쓰다 보니 그렇게만 하기에는 다소 불안한 마음에 글의 말미 '인간의 전 생애에 걸친 UI(User Interface)는 곧 가구~' 이런 드립을 활용, 얼버무리듯 마무리를 짓기는 했다.

그러다 보니, 내 글의 문제점은 살아온 나날을 뭐 하나 얻어걸리라는 셈으로 줄줄이 내 인생의 족적을 나열한 점일지도 모르겠다는 생각이 든다. 첫 직장, 두 번째 직장(이라고 하기에 법적으로 재직 사실을 증명하기 어렵지만), 세 번째 그리고 네 번째인 현 직장에서의 내 이야기까지. 그러다 보니 한꺼번에 여러 장의 자소서를 읽어내야 하는 특수한 입장에 처한 독자(내 자소서 걸러낸 사람, 당신은 사람인가요, 인공지능인가요?)를 배려하지 못했을지도 모르겠다.

자기소개서만 뚝 잘라내서 앞의 내용 모르고 읽었을 경우를 고려하지 않았던 것이 패인이었을지도 모르겠다고 지금 문득 생각이 든다. 앞단에 '나는 이렇게 살아왔고', 뒷단에 '내가 이리 잘났소'로 맥락을 잡을 수가 있는데, 뒷단만 본다고 생각하면 '애는 뭘 믿고 이리 잘난 척이야?'라고 생각할 수도 있었을 것 같다. 내가 당신네 회사와 잘 맞는 인재라는 점을 설득하는 과정에서 결국 근거가 부족했다는 생각이 드는 것이다. 쳇!

어쩌면 인사담당자가 혹할 만한 소재, 즉 인상적인 경력이 부재했는지도 모르겠다. 내 스토리보드를 보고 애플에서 연락이 왔었는데 그때 좀 바빠서 거절했었지 하는 뭔가 눈이 휘둥그레해질 만한 '섹시한 것' 말이다. 하지만 이런 '구라'가 먹힐 리가 없고 이렇게 해서 회사에 들어간다 하더라도 배짱 좋게 행세할 재간도 부족한 나로서는 소심하고 완곡하게 자랑질을 할 수밖에는 없는 것 아니겠는가.

애플에서 연락이 와서 모셔가려고 했던 것은 아니지만, 내 삶을 주욱 적으면서는 나름 '나 열심히 살았구나' 싶은 스스로가 대견스러운 마음이 든 것도 사실이었다.

자기소개서에 쓴 내용 중 거짓말은 없다. 거짓말을 해야 할 만큼 불리한 점은 쓰지 않았기 때문이다. 첫 직장을 잡지사에서 시작했던 것은 차선이었고, 사실 내가 간절히 하고 싶었던 일은 아니었다. 그러나 하고 싶은 일에 근접했던 것은 맞고 그나마 잘할 수 있을 것 같은 '만만함'을 느꼈기 때문에 시작했다. 고생스러웠던 것 또한 사실이다. 짱짱한 스펙을 가진 주변 동료나 선배들도 같은 여건에서 일을 하고 있었기 때문에 그때는 미처 몰랐다. 연봉이며 업무 시간 등이 정상적인 노동여건이 아니었다는 것을. 당시 같이 일했던 동료나 선배들은 대체로 지금은 제각기 자기희생으로 쌓은 값진 경력을 통해 원하는 분야에서 열심히 살고 있는 것 같다.

첫 직장에서는 대체로 스스로를 작고 보잘것없는 존재처럼 느끼는 것이 일반적일 것이다. 아무래도 사회 초년생이고 내가 쩔쩔 매는 일을 척척 해내는 선배들이 대단해 보일 만하다. 나 역시 그랬고, 편집장으로부터 호되게 들볶일 때도 있었다. 하지만 해낸 일 자체는 한 사람의 기자로서 충분히 '양적으로' 할당량을 채워냈다고 생각한다. 노동력으로 부족한 경험을 어떻게든 메워나갔던 시간이었다.

그렇게 1년이 넘게 일을 했는데, 그만두겠다고 결심하게 된 사유는 이렇다. 나를 뽑았던 편집장이 물러나고 그 자리에 원래 그 잡지를 만들었던 국장이 다시 부임을 하는 변동이 있었다. 마침 회사가 어려워진 것도 시기를 같이 했다. 새로 온 국장은 나를 그리 탐탁히 보지 않았다. 이유는 잘 모르겠다. 짚이는 데가 없진 않지만 분명한 것은 내가 그다지 국장의 스타일과는 맞지 않는 존재였을 것으로 지금은 생각하고 있다.

국장이 어느 흥겨운 술자리 도중 나에게 "너는 기자와 맞지 않는 것 같다"고 한 '돌직구'에 첫 사랑이 깨어지듯, 내 첫 직장은 더 이상 나와 맞지 않는 자리가 되고 말았다. 사실 더 버틸 만한 애정도 없는 시점이긴 했다. 하지만 막상 그 같은 돌직구에 '고생한 나를 이렇게 대하다니!' 하는 심경에서 우러나오는 상실감과 서러움에 그 자리에서부터 나는 눈물을 참지 못했고, 선배들이 어쩔 줄 몰라 하며 나를 어르고 달래야만 할 지경이 되었다. 침몰하는 배에서 빨리 뛰어 내리고 싶은 욕망이 들끓던 차에 나를 겨냥한 그 발언은, 모든 고민을 한방에 날려 버리고 스스로 결심을 굳히게 만든 계기였다. '기나긴 밤 회사에서 혼자 밤을 지새우며 기사를 쓰던 시간들은 그간의 모든 고민과 함께 날려버리자. 이 경력을 어디 가서 써먹을 생각은 추호도 말자.' 그렇게 생각하고 결심한 퇴사였다.

집에서는 그리 반대하지 않았다. 그만하면 꽤 오래 버텼다고 생각했단다. 원하는 직종의 일을 하기 위해 취직

공부를 하겠다고 집에 들어앉았으나 불과 7일 만에 국회의원 홍보물 카피라이터 일을 아르바이트로 시작했다. 고용주는 상근을 요구했고, 출장지에서 보름이나 틀어박혔다. 경남 사천에서 보좌관들과 함께 선거캠프에서 일했다. 이 시점부터 이전 기자로서의 삶과 기억은 나에게 하등 도움이 안 된다고 스스로를 단속했다. 어느 보좌관이 기자 출신은 사회에 적응하기 힘들다고 말한 것이 인상적이었다. 불과 1년 좀 넘는 기자 생활 한 것을 구 만리 같이 남은 내 사회생활에 걸림돌로 만들면 안 되겠다는 생각에 조바심을 치며, 선거캠프에서는 설거지까지 도맡아 했다. 지금 생각하면 그렇게까지 할 건 없었지만 어쨌거나 보좌관 그들은 내 동료가 아닌 클라이언트였기 때문에 나는 그렇게 '노예근성'을 발휘했다. 이 노예근성은 지금까지도 내 발목을 잡는 것 같기도 하다.

선거 결과가 예상 외로 좋았고, 나는 고용주 측에서 잡아 끄는 바람에 몇 달을 더 있었다. 약간 높아진 연봉의 유혹도 없지 않았다. 장차 개인 사업을 하고 싶어 했던 고용주는 나를 우선 장기실업자로 만들어 나라에서 주는 고용지원금을 받고 싶어 했다. 잡지사 퇴사 후 실업 급여를 받고 있던 나는 실제 실업자이기도 했으며 큰 문제가 되지 않는다고 생각해 사법고시를 준비하던 애먼 친구의 명의로 몇 달간의 월급을 받았다. 나중에 그것이 큰 탈이 되어 오랜 우정에 금이 갈 뻔해 지금도 매우 경솔했던 처사로 여기고 있다.

얼마 지나지 않아 모회사의 변동으로 인해 내가 속했던 자회사는 정리되기에 이르렀다. 자신이 속해 있던 회사의 월급 사장이었던 고용주는 오피스텔을 하나 얻어 줄 테니 사무실을 지키고 있으라고 했다. 그리고 자신이 사업으로 복귀할 때쯤 나를 소속시킨 회사를 본격적으로 궤도에 올리겠다는 구상을 이야기했다. '아 이거 영 아니구나' 싶었던 나는 다니던 회사가 사무실을 빼고 이사를 하던 날, 결국 그만두겠다고 고용주에 통보하기에 이르렀다.

그렇게 다시 취업 준비생이 된 후 꽤 오랜 기간을 노동 시장으로 복귀하지 않다가, 약 1년 만에 잡지사 선배의 알선으로 작은 편집회사에 입사했다. 연봉도 이전보다 낮았고, 실제 면접을 보고 나오면서는 '아무런 야망 없이 다니기엔 더 없이 좋은 회사구나' 생각했다.

그 회사에 왜 들어갔는가 지금 돌이켜보면 오래 놀았기 때문이기도 했지만, 면접을 보러 온 나를 마중나온 사장님의 인상이 마치 '전생의 인연'처럼 느껴졌기 때문이었다고 지금은 아름답게(?) 회상하게 된다. 그도 그럴 것이 사장님은 나를, 나는 사장님을 보고 서로 놀랐을 정도로 상호 친숙한 생김새였다. 나는 사장님이 나와 인상이 닮았다고 생각했고, 사장님은 나를 미국 가 살고 있는 자기 여동생 어린 시절의 모습과 흡사했다고 말했다. 마침 그 회사가 있던 약수역 인근 신당동은 내가 1살 무렵에 살았던 동네이기도 했다.

확실히 그 회사와 나는 어떤 인연의 끌림이 있었던 것 같기는 하다. 아홉 달을 그곳에서 일하며 울고 웃었다. 실제 그 회사에 있으면서 다소 특이했던 이름을 개명했고, 스스로도 이를 계기로 다시 태어났다고 생각한다. 이름을 개명한 것은 그 즈음 오래 사귀던 남자친구와 헤어졌고 그로 인한 마음의 충격이 너무 컸기 때문이었는데 막상 바꿔보니 '음? 괜찮은데?' 하는 기분이 들었다. 그곳에서는 대기업의 사내신문, 사외보 등을 만들었는데 잡지사에 있을 적과 비하면 일은 너무나 수월했다. 필자 관리, 섭외, 편집, 직접 취재하는 일도 자주 있었으나 외주자를 관리하면 해결되는 간단한 취재여서 그곳에서는 나는 대단히 이쁨을 받으며 행복하게 일했다. 사장님은 "어디서 이런 선녀 같은 애가 우리 회사에 와 줬을까!"라고 말하기까지 했다.

합리적인 시스템이 존재하는 회사는 아니었다. 우리는 '가족'이니까, 연봉도 10만 원만 올리자고 하는 그런 곳이었다. 그것도 그곳 나름의 시스템이었기에 큰 불만은 없었다. 그러나 양아치 같은 클라이언트조차도 가족(?)으로 포용하는 것은 불만이었다. 클라이언트에의 충성이 곧 너희의 월급이니라, 하는 사장님의 낡은 기조는 그리 바람직하지 못하다고 여겨졌고 그것은 나의 예감이 맞았다고 확신한다. 협력업체 여직원들에게 '오빠'라고 부르라고 하고 제멋대로 편하게 반말을 해대는, 고작 나보다 세 살 많은 대기업 대리 녀석에게조차 충성의 제스처로 영업하는 사장님이었다. 그런 사장님 밑에서 클라이언트와의 불화나 이에 대한 표출은 행여나 금이 갈세라 조마조마한 살얼음판을 할리 데이비슨을 타고 질주하는 행동이나 다름 없었다. 최상의 안정만을 추구하는 그 회사에 있으면서, 나 자신의 발전이나 자생력은 퇴보해 버릴 것이 자명했다. '이름도 바꿨으니 이젠 직장도 바꾸고 팔자도 고쳐 보자!'는 생각에서 나는 할 일이 없는 업무 시간 틈틈이 이직을 준비했다.

나름 의미를 부여하며 다니던 회사였지만 결국 이직을 하기까지는 내 개인적인 상황이 강한 촉매제였다. 결혼을 생각했던 남친이 배신을 때려 버려서 편집회사 재직 시절의 후반기는 내 삶의 암흑기가 되었다. 이직은 어두운 삶을 쇄신하고 마음의 괴로움을 타개하겠다는 의지의 발로였다. 저 클라이언트가 멍청한 것은 내가 부정적인 시각으로 보아서가 아니라, 진짜 빽으로 취업한 케이스였기 때문이라는 사실을 알게 되고, "요즘 세상, 빽도 실력이지!"라며 자신을 옹호하는 작태를 보며 '나라고 대기업에 못 갈쏘냐' 하는 마음도 생겼다. 그래서 어느 제약회사의 홍보팀면접을 보았지만 보기 좋게 면접을 말아먹고 말았다.

떨어진 것을 알게 된 날 지금 다니고 있는 회사에, 묻지도 따지지도 않고 이력서를 써 냈다. 친구를 통해 건너건너 인력 충원에 대해 듣게 된 곳이라 어떤 회사인지, 무슨 일을 하게 될지조차 정확히 알 수 없었지만 집과 가깝다는 것 하나만큼은 마음에 들었다. 밤 열두 시에 보낸 이력서 메일이 되돌아와서 늦은 시간이지만 전화를 해봐야겠다고 결심했을 정도로 나는 간절했다. 사보 만드는 회사라면 지금 내가 다니는 회사와 마찬가지로 밤샘작업자들이 있을 것이라 생각했고 예상은 적중했다. 전화를 받은 직원이 다른 이메일 주소를 알려 주었던 것이다. 나중에 들으니 나는 '새벽에 전화를 건 이상한 구직자'라는 인상을 주었다고 한다. 알고 보니 이 회사는 웹 에이전시였다.

이 회사에서 나는 서른이 되던 해인 2010년 5월부터 지금까지 일을 하고 있다. 앞서 얘기한 구구절절한 나의 경력들과 살아온 이야기가 담긴 햇수만큼을 이 회사에 몸담고 있는 것이다. 이곳에서도 많은 사연이 있지만, 아직은 현재진행형인 이곳에서의 이야기는 앞서의 자기소개서로 대신하고자 한다.

밤늦게까지 야근하는 나의 직장생활 패턴이 이곳에서라고 달라지지는 않았다. 그리고 나는 이전까지의 삶을 일로써 보상받고 싶어 하는 사람처럼—실제 그랬는지도 모른다—주변을 돌아보지 않으며, 간혹 눈치는 보며 정말 열심히 일했다. 그에 따른 보상의 시간도, 그에 못지 않은 박탈감과 허무함의 시간도 어느 정도 견뎌야 했고 지금도 그러하다.

오래 다니다 보니 어느덧 나의 메신저에는 이제 현재 회사 동료의 리스트보다 퇴사한 동료의 리스트가 더 길어졌다. 이전과도 비슷한 양상이지만, 회사에서의 생활은 나에게 말 그대로 생활, 일상이 되어 채 의식하지 못하는 새 삼십대 중반이라는 나이까지 먹고 말았다.

현재 지금의 나는 또 한번의 이직을 꿈꾼다. 사회에서 아직은 '초짜'로 신음하던 이십대 중·후반의 나는 회사를 박차고 나오는 것이 쉬웠다. 한숨 자고 일어나면 꿈에서 깨듯, 그리고 또 다른 날에 새로운 꿈을 꾸는 것이 자연스럽듯 막연히 더 나은 것, 더 바람직한 내가 되어 있기를 소망했다. 한 회사에서 5년이라는, 나름의 경력에서 최장 기간을 근속하고 있는 직장인 여성으로서의 지금의 나는 여전히 나 자신을 더 근사한 곳으로 팔아 버리고 싶은 욕망의 불씨를 간직하고 있다. 결혼도 하지 않았고 앞으로 얼마나 더 큰 고생을 하려고 이러나 싶을 때도 있지만, 이왕에 달리기 시작한 것, 어디까지 달릴 수 있는지를 알고 싶기도 하다. 한번 뛰기 시작했기에, 결국 내 몫을 다할 때까지 우뚝 멈춰 설 일은 없을 것이란 예감이다.

이것은
내가 아는 자소서가 아니다

박 은 경

박은경
예전에는 잡지 만들던 사람.
지금은 단행본 만드는 사람.
앞으로는 잡지+단행본+온라인의 뭔가 새로운 거 만들고 싶은 사람.

마음껏 쓰는 자기소개라니

나도 이럴 줄 몰랐다. 대학 때 리포트가 나의 마지막 글쓰기가 될 줄 알았는데, 어쩌다 보니 어떤 방식으로든 글을 쓰는 일이 내 업무 중 하나가 되어 버렸다(물론 업무라고 잘한다는 소리는 아니다). 그럼에도 내가 정말 쓰기 싫은 것 중 하나가 자기소개서다. 이러니, 평소에 글 쓰는 것을 너무 어려워하고 알레르기 반응을 일으킬 정도로 싫어하는 사람들에게 '자기소개서'란 단어가 얼마나 무거울까 싶다.

어릴 적엔 '이런 자기소개서가 무슨 소용일까'라고 생각했다. 입사하기 위해 쓴 자기소개서에 진짜 자기가 있기나 하겠는가. 잘 보이고 싶어서 포장된 자기가 있겠지.

그런데 회사 생활을 좀 하다 보니, 이 자기소개서가 그렇게 소용 없는 것이 아니었다. 나부터도, 새로운 사원을 뽑게 되면 그들의 자기소개서를 꼼꼼히 읽는 편이다. 어떤 공부를 했고, 어떤 일을 했고 등의 정보는 이력서로 충분하다. 그보다는 자기소개서가 풍기는 느낌이라는 게 있는데, 읽다 보면 그 느낌이 좋은 자기소개서가 보인다. 친구를 사귈 때도, 미팅을 나갈 때도, 업무상 거래처 사람을 만날 때도 첫인상이라는 게 있지 않나. 자기소개서는 딱 첫인상 같은 거 같다.

물론 첫인상으로 모든 사람을 판단할 수는 없다. 계속 만나보니 첫인상과 다르네, 하는 사람들도 있다. 하지만 첫인상이 안 좋으면, 혹은 나와 안 맞는다 싶으면 일단 계속 만나고 싶지가 않다. 똑같이, 자기소개서가 그 사람의 모든 것은 아니다. 그러나 계속 만나고 싶도록 만들어 주는 마음이 들게 할 수는 있다,

가 내가 가진 그동안의 자기소개서에 대한 생각이다. 그런데 갑자기 '마음껏 써보는 자기소개서'라는 게 원래 있었다는 듯이, 정말 마음껏 자기소개서를 써보라는 얘기를 들었다. 이건 내가 아는 자기소개서가 아니다.

내 인생의 세 가지 장면

직장인인 나는 다른 많은 직장인과 그리 다르지 않게 살아왔다. '말 안 해도 잘 알지?' 뭐 그런 수준이다. 그래서 구구절절 나의 경력 등을 쓰는 건 정말 의미 없다. 그래서 '내 인생의 장면' 같은 걸 쓰면 어떨까 생각하던 찰나 『왓더북?!』에서 한 필자가 자신이 한 글쓰기 강의 중에 이런 걸 수강생에게 시켰다는 글을 읽었다.

'아, 써도 되겠군.'

그래서 가만히 기억 나는 장면들을 떠올려 봤다. 나를

아는 사람은 감지했겠지만, 문제는 나의 기억력이었다. 세 가지를 꼽는 게 정말 힘들었다.

나의 기쁜 영화 ♬

그 날은 감이 왔다.

가령, 회의 중에 걸려 온 전화를 굳이 받아서 아주 작은, 그러나 모든 사람이 들을 수 있는 목소리로 "이따가 전화할게"라고 하며 끊는 사람을, 난 정말 싫어한다. 극장, 공연장, 심지어 성당에서도 전화벨이 울리면 당황하는 게 아니라, 저렇게 행동하는 사람을 여럿 봤다. 누가 나에게 전화를 했는지 알 수 있는 세상에 살면서 그렇게 꼭 해야 하는 이유를 모르겠다. 회의에 집중하는 것도 아니고, 양해를 구하고 전화를 받는 것도 아니고. 인간에 대한 예의까지 운운하는 건 '오바'라고 한다면, '같이 회의를 하고 있던 사람에 대한 민폐 아니냐'는 지적질은 너무 맞아떨어져서 약소한 느낌이 들 만큼, 그런 행동을 싫어한다.

그런데 그 날은 감이 온 것이다. 어떻게 말로 설명할 수 없지만, 왠지 전화가 올 것 같았다. 영화 역사상 가장 긴 영화는 아니더라도, '긴 영화' 이야기하면서 빼놓으면 섭섭한 「반지의 제왕」 시리즈 중 한 편을 보기 위해 극장에 자리를 잡고 있었다. 평소는 하지 않는 행동, 휴대전화를 가방에서 꺼내 주머니 속에 넣기.

그리고 내 감이 맞았다! 정말로 영화상영 도중 전화가 왔다. 모르는 번호가 떴다. 서둘러 전화기를 들고 극장 밖으로 나갔다. 며칠 전 면접을 본 영화 주간지의 편집장이었다.

일하고 있던 잡지의 폐간 후 회사를 그만두고 백수 겸 프리랜서로 약 8개월을 보내고 있었다. 3개월까지는 '그동안 열심히 일한 나를 위한 선물'이라며 맘껏 놀았다. 나보다 오히려 친구들이 걱정을 했다. 하지만 그 시간이 늘어나자 조금씩 불안해지기 시작했고, 모아 놓은 돈도 점점 바닥이 보이려고 하던 차였다.

어떻게 시작한 잡지 일인가. 만화 관련 콘텐츠를 웹에서 서비스하는(지금 생각해 보면 굉장히 앞서간 아이디어 사업인데, 역시 그 당시엔 쉽지 않았다. 나의 퇴사 이후 얼마 뒤 망했다) 테헤란로의 잘 나가는 조그만 IT 기업에서 일을 하다가 2년 만에 그만뒀다. 기자가 되겠다며. 그리고 경력도 제로로 만들고, 연봉도 확 줄여서 기자가 되었다. 그런데 2년도 안 되어서 그 잡지가 폐간을 한 것이다.

"같이 일합시다." 정확히 이런 말이었는지 확실치 않지만, 뭐 이런 뉘앙스였다. 시원스러운 성격의 편집장님은 극장에서 나와 조마조마 두근두근 전화를 받고 있는 나를 안심시켜 주려는 듯, 시원스레 말을 해주셨다(고 기억을 왜곡하고 있을지도 모른다).

그날 봤던 「반지의 제왕」 시리즈 3편 〈왕의 귀환〉의 줄거리를 잘 기억하지 못한다(프로도가 아니라 샘이 주인공 같았는데…). 중간을 놓치기도 했고, 차분히 무언가를 집중할 수 없는 흥분 상태이기도 했고. 그러나 「반지의 제왕: 왕의 귀환」은 내가 좋아하는 영화는 아니지만, 나의 기쁜 영화다. 유일한 기쁜 영화.

드라마 흉내 내는 것도 쉽지 않아:-(

딱딱한 ARS 음성으로도 충분히 비참했으니, 굳이 직접 가서 확인할 필요까지는 없다고 생각했던 것 같다. 아니면 붙기에는 어림없다는 사실을 이미 알고 있었으니 안 간 걸까. 재수생 시절 어느 날 갑자기 이런 생각이 들었다. '왜 난 직접 가서 내 이름이 없는 걸 확인하지도 않았지?'

"내 인생에 재수는 없다"라는 말을 고등학교 3년 내내 입에 달고 살았지만, 원서를 넣은 곳에 전부 떨어져 재수생이 되었다. 그리고 이번에는 꼭 직접 눈으로 확인을 해야겠다고 생각했다.

합격자 발표 시간에 맞춰서 학교에 갔다. 드라마에서 봤던 것처럼, 내가 서 있고 벽보가 붙고 수험번호를 거슬러 올라가고 내려가면서 확인하고. 그럴 셈이었다. 학교에 들어서니 나와 같은 아이들이 여럿 보였다.

그런데 아무리 기다려도 벽보가 붙을 생각을 안 하는

거다. 알고 보니 합격자 발표 시간이 오후로 바뀌었단다.

'아니, 그런 건 도대체 누가 어디에서 알려 주는 거야? 왜 나는 그런 것도 모르는 거야? 나 같은 앤 드라마를 찍기도 어렵구나.'

온갖 생각이 들면서, 오후까지 거기서 기다려야 하는 건지 집으로 돌아가야 하는 건지 판단이 안 섰다. 쭈뼛쭈뼛, 어리둥절, 어슬렁어슬렁.

그런데 갑자기 누가 나를 불렀다. "학생 수험번호가 몇 번이야?" 학교 수위 아저씨다. 자기에게 합격자 번호 리스트가 있으니 와서 확인하라면서, 나에게 따라오라고 했다. 엉겁결에 수험번호를 대고 나니 드는 갑작스러운 생각. '아, 저 서류뭉치에 내 번호가 없으면 정말 창피하겠다.'

합격을 못해서 슬픈 게 아니라, 이름이 없어서 창피할 거라는 생각. 지금 생각하면 참 우습다. 지금은 남의 눈을 너무 의식을 안 해서 탈인데, 예전에는 완전 반대였다. 소위 '모범생' 축에 속하는 애였다. 어디 튀는 구석 없이 조용히 지내던, 학교와 집만 오가며 공부만 했다. 그런데 생각지도 않게 재수를 하게 됐다. 인생의 첫 번째 공식적인 실패. 자신감과 자존감은 바닥 수준이었고, 고등학교 때 친구들도 거의 만나지 않았다. 그렇지 않아도 조용했던 난 더 조용히 1년을 보냈다.

그러나 재수 생활이 그렇게 우울하지만은 않았다. 남들

에게 권하고 싶진 않지만, 그렇게 후회스럽지도 않다. "넌 땅이 꺼질까 걱정은 안 하니?"라는 말을 엄마에게 시도 때도 없이 들었을 만큼 '걱정병 환자'였던 내가 1년 사이에 '안 좋은 일은 금세 잊는 법'으로 치유된 것은, 재수가 나에게 해준 두 가지 일 중 하나였다. 물론 나머지 하나는 대학 합격.

"어…… 있네. 합격이야." 아저씨는 쿨하게, 그래도 누구의 인생에서는 매우 중요한 일일 텐데 그런 중대한 일이라는 느낌이 전혀 없어 보이게 얘기하시고는 내 얼굴을 빤히 쳐다보셨다. 너 결과를 알았는데 왜 아직도 안 나가니, 라는 표정. 수위실을 나오면서 '이게 다야? 정말 이게 다야?' 어리벙벙 갈팡질팡 하다가 결국 집으로 갔다.

드라마 같은 상황은 없었다. 아니, 시트콤 같긴 하구나. 지금이라면 나중에 다시 학교에 가서 떡 하니 붙어 있는 수험번호 앞에서 인증샷도 찍고 했겠지만 귀찮기도 하고, 합격했으니 됐다, 놀자 싶기도 했는지 하지 않았다. 다음날 귀를 뚫는 것부터 시작해서 대학생이라도 된 양 놀기에 바빴다.

남들보다 365일을 더 공부해서, 수위 아저씨의 합격 통지를 듣고 들어간 대학은 뭐 그렇게 놀라운 건 없었다. 앞뒤에 앉는 것만으로도 친구가 됐던 고등학교 때와 달리 내가 스스로 친구를 만들어야 하는 사회의 시작이었을 뿐.

보통이지 않은 사람

"보통 사람이 ——————— 이런 줄에 서 있다고 하면, 넌 _____ 나 ——————— 가 아니라, ——————— . 이거야."

이 말을 들었을 때의 놀람, 당황스러움은 아직도 잊을 수가 없다.

스스로 평범하다고 생각하면서 살았다. 내 주변 사람들도 대부분 그렇다고 생각했다. 보통의 사람은 다 그렇다고 생각했다. 그러다 대학에서 별의별 사람들이 있음을 알게 되었고, 당시 PC통신을 통해 만난 사람들을 통해 대학 때 만난 '별의별 사람들'은 보통의 사람 축일 수도 있음을 알게 됐다. 그런 사람들을 보면서 어떤 땐 평범한 내가 어색하게 느껴지기도 했고, 어떤 땐 다행스럽게 느껴지기도 했다. 대부분 후자였달까.

그러다 우연히 PC통신 동호회를 통해 '지금까지 내가 만나 본 사람들 중 가장 특이한 사람들'을 만났다. '개성'이란 게 눈으로 보인다면 바로 그들 앞에 있을 거라고 생각했다. 그런 사람들에게 "내가 여기서 가장 평범한 것 같다"라고 했더니, 누군가 저런 말을 했다. 그러면서 이렇게도. "넌 이 모임에서 특이한 사람으로 3위 안에 들걸." 당황하고 난감한 표정이었을 나.

"왜? 아무런 특징 없는 사람보다는 특이한 사람이 좋지 않아?"

　'특이한 사람'이라는 말을 일생 처음 들어 본 것도 놀
랐지만, 특이한 사람이 평범한 사람보다 낫다는 논리에 더
놀랐을지도 모른다. '난 평범하고, 평범한 사람 속에 묻혀
서 살았고, 그게 좋은 거야'라고 생각했던 내가 완전히 달
라진 순간.

　그날 이후 난 내가 평범하다는 생각을 버렸다. 아니, 평
범해지고 싶지 않았다는 말이 더 맞을 거다. '나도 만만치
않게 특이한 사람이야. 그게 뭐 어때? 무색무취의 사람보
다 특이한, 혹은 이상한 게 훨씬 나아.'

잘난 척 세 가지

기승전잘. 요즘 사무실 사람들은 나에게 이렇게 말한다. 모
든 말이 "기승전-잘난 척"으로 마무리된다며. 하하하.

　실은 난 잘난 척할 게 없는 사람이다. 칭찬이 인색한 집
안에서 자라서 칭찬받는 데 익숙하지 않다. 당연히 잘난
척은 불가능하다. 그런데 어느 날 난 100 정도 되는 인간
인데 다른 사람들이 나를 180 정도의 인간으로 본다는 걸
알게 됐다. 도대체 난 어떤 이미지 메이킹을 하면서 산 건
지, 많은 사람들이 나를 나의 능력치보다 훨씬 높게 본다.
그래서 열심히 하지 않는 사람으로 비치기도 한다. 그렇지
않다고, 난 100밖에 안 된다고 말하면, 사람들은 내가 겸

손을 가장해 잘난 척을 하고 있다고 생각하는 것 같았다. 이럴 바엔 잘난 척을 하는 게 낫겠군. 그래서 '잘난 척하는 척'을 하기로 했다. 잘난 척할 게 없는 애가 잘난 척을 하니 웃기지 않은가!

이 정도면 외국어 한다고 하는 걸로

"나는 잘 하는 게 하나도 없는데, 유일하게 하나 꼽으라면 외국어야."

잘난 게 없으면서 '잘난 척하는 캐릭터'를 하기로 결정한 후 시작한 내 인생의 첫 번째 잘난 척이 이거였다. 누가 들으면 한 5개 국어쯤 하는 애인 줄 알겠다.

절대음감 같은 게 발달하면 좋았을 텐데, 그렇진 못했다. 대신 외국어에 대한 귀가 남들보다 조금 더 밝은 편이다. 아니, 외국어에 대한 호기심이 많다고 하는 게 옳다. 영어 문제집을 풀면서 바벨탑을 지은 무지몽매한 사람들을 원망하는 것에 그치지 않고, 그럼 도대체 어떻게 달라졌는지 궁금해하던 아이였다.

국민학교 5학년 때 「영웅본색」을 통해 만난 '완벽남' 장국영 덕분에 중국어를 배워야 하는 건 당연한 수순 같았다. 때마침 매일 신문 기사를 하나 골라 거기에 있는 한자를 써오는 방학 숙제(그렇다. '5공 시대, 쌍팔년도'에는 신문에 독음도 안 달린 한자가 가득했다)를 내주셨는데, 남들 싫어하는 이 숙제를 통해 난 한자를 좋아하게 됐다. 지금 갖고 있는 옥편과 중국어 사전은 중학교 때 산 것들이다.

고등학교 때 우연히 본 히라가나 ぴ를 보고, 모양도 귀여운데 발음도 '삐'라는 사실이 재미있어서 일본어를 시작했다(이런 어처구니 없는 이유는 그냥 운명이라고 생각하기로). 우리나라 사람이 일본에서 가장 어려워하는 게 한자인데, 난 이미 한자를 좋아하는 아이였으니 진도가 쑥쑥 나갔다.

집에는 프랑스어 사전도 있고, 심지어 광동어 사전도 있다. 하지만 안타까운 건, 난 무엇이든 끝을 보지 못하는 아이라는 것이다. 대학교 때 중국어 강사가 나의 발음을 듣고 "중국에서 살다 왔냐"고 물었을 정도였는데. 고등학교 때는 내가 일본 교포인 줄 알았던 아이도 있었는데. 역시 외국어는 쉬면 꽝이다.

계속 영어 학원을 다니고, 영어나 일어, 중국어로 된 문서를 끊임없이 보는 건 잘난 척하는 게 아니라, 그거라도 안 하면 금세 사라지는 걸 알고 있기 때문이다.

한때 영어, 일본어, 중국어만 제대로 하면 세계에 못 돌아다닐 곳이 없다며 패기만만했지만(그렇게 돌아다닐 일도 없는데 왜 그랬나 몰라), 지금은 셋 다 이도 저도 아닌, 그냥 조금 아는 정도다. 그러나 '잘난 척 캐릭터'를 시작한 이후 이렇게 말한다. "외국인인데 뭐 그렇게 완벽하게 말할 필

요는 없잖아. 토익 점수는 떨어졌지만, 난 예전보다 영어를
더 잘해. 하하하."

얕은 문화인이 좋아 ♪

퇴근해서 집에 일찍 들어가면 일단 스포츠 채널을 튼다.
야구를 본다. 야구가 끝났다. 다른 채널로 돌려가며 아직
안 끝난 다른 경기들을 본다. 모든 경기가 다 끝나면 또 다
시 채널을 돌려가며 야구 리뷰 프로그램을 또 본다. 중년
의 아저씨 일과가 아니다. 야구 시즌 동안 내 얘기다.

아빠 덕분에 야구를 일찍부터 보게 됐다. 남동생은 관
심도 없었는지 중간에 떨어져 나갔는지 기억이 안 나지만,
난 아빠와 같이 꾸준히 봤다. 시험 때도 야구 스코어가 궁
금해서 공부를 제대로 못하니, 엄마가 아예 야구를 보고
공부를 하라고 텔레비전을 켜주셨다. 축구는 그보다 조금
늦었다. 테니스는 그보다 조금 늦었고, 아이스하키는 그보
다 조금 늦었다.

이기고 지는 게 명확히 나뉘는 게 싫어서 스포츠를 안
좋아한다고 말한 친구가 있었는데, 아마 난 그게 좋은 것
같다. 아직도 페어플레이가 대우받는 분야라는 것도 맘에
들고. 스포츠 기자의 꿈을 이루지는 못했지만, 여전히 올림
픽과 월드컵 기간 중에는 약속 금지고, NHL과 MLB의 순위
체크는 일과이며, 아직도 제대로 이해하지 못하는 미식 축

구는 숙제처럼 느낀다.

앞에서도 잠깐 말했지만, 난 홍콩 영화의 재미를 일찍 알게 됐다. 비디오 가게에 있는 거의 모든 영화를 다 봤다고 생각하면 된다. 새로운 영화가 들어오면 비디오 가게 사장님이 전화를 해주셨다. 비디오 가게와 헤어지는 게 슬퍼서 이사를 반대하기도 했고, 이사를 가면 새 동네에서 가장 먼저, 아마도 유일하게 친해지는 사람이 비디오 가게 사장님이었다. 거기서부터 시작해서 조금씩 영화 분야를 넓혔고, 영화 잡지에서 일하면서 그전까지는 보지도 못했던 장르의 영화를 알게 됐다. 물론 공포영화는 여전히 보지 못하고, 무슨 말을 하는지 알 수 없는 영화들을 굳이 보면서 아는 척은 하지 않는다.

나의 초등학교 시절은 관악부에 바쳤다. 수업 후 연습, 방학 때 누가 시키지 않았는데도 친구들끼리 모여서 연습. 전공을 할까 말까 고민했을 정도로 열심히 했다. 클래식을 듣기 시작한 건 그때부터였다. 중학교 때는 월드뮤직에 빠졌다. 남들 다 좋아하는 가요와 팝은 그 이후부터 듣기 시작했으니 남들보다 늦었다. 음악 담당 기자였을 때 너무 아는 게 없어서 배우면서 일을 했다는 말이 맞을 것이다. 빠르지도 않았고 마니아도 아니다. 그러나 지금 책 만드는 일을 하고 있는 사람으로서 책 없이는 살아도 음악 없이는 못 살 것 같다는 생각에는 변함이 없을 만큼, 음악이 좋다.

공연 담당 기자를 하면서 3년 동안 매주 한 편씩 공연을 보다가 영화 못지않은 연극과 뮤지컬의 재미를 알게 되었다. 일본 소설 외에는 책을 잘 사지 않을 만큼 책 이야기가 부족했던 나의 현재 책에 대한 정보와 지식은 대부분 출판사 에디터가 된 후에 생긴 것들이다. 웹툰보다는 손으로 넘기는 만화책 이야기를 더 좋아하고, '일드'와 '미드' '중드'의 새 작품이 시작되면 기웃거린다.

어릴 적 위인전에서 말하던 '훌륭한 사람', 난 그런 훌륭한 사람이 되지 않았다. 그런데 딱 한 부분은 스스로도 훌륭하다고 생각한다. '관심 분야'. 훌륭한 관심 분야가 생겼다는 게 아니라, 점점 넓고 다양한 것에 관심을 갖게 됐다는 것에 '훌륭함 포인트'를 주고 싶다.

깊은 것도 좋겠지만 얕고 넓은 것도 좋다. 꼬리에 꼬리를 무는 식으로 여러 가지를 찔러대며 더 많은 걸 좋아하고 있는 난 점점 풍성한 사람이 되고 있다. 그 점은 아주 훌륭하다. 매우 만족스럽다. 물론 여전히 '숫자' 관련 이야기는 내 앞에서 금기지만. ^^

그나저나, 스포츠를 아는 여자들은 남자들에게 인기가 많지 않냐는 말은 누가 만들어 낸 걸까? 인기는 개뿔! 남자들은 자기보다 좀 덜 아는 여자들과 이야기하면서 자신이 많이 아는 걸 확인하는 걸 좋아하는 게 아닐까. 아쉽게도 (?) 난 그들보다 확실히 더 많이 알고 있다.

수다는 나의 힘

같은 자리에서 여섯 시간 수다를 떨고도 모자라 다시 자리를 옮긴 적이 있다. 패밀리 레스토랑 직원이 청소 시작할 때 서둘러 일어선 적도 있다. 단골 커피숍에서는 주인과 이야기하느라 누구를 기다리는 시간이랄 게 없다. 그럴 때마다 항상 하는 말이 있다.

"난 수다를 업으로 삼으면 정말 잘할 수 있을 것 같아."

수다를 누군가와 말하는 것이라고 생각하는 사람들이 많은데, 그렇지 않다. 수다의 기본은 말하기와 듣기다. 수다를 잘하기 위해서는 재미있게 말하는 것도 중요하지만, 다른 사람의 말을 잘 들어야 한다. 말하는 것도 좋아하지만 기본적으로 난 듣기를 잘한다.

어릴 적에는 내 자신이 소극적이고, 내성적인 성격이라서 남들 사이에 있으면 주로 들었다(고 생각한다. 내가 정말로 소극적인 아이였는지, 그래서 듣기를 위주로 했는지는 다른 사람의 이야기도 들어 봐야겠지만). 많이 듣다 보니 그런 건지, 아니면 원래부터 듣는 능력이 있는 건지, 커서 보니까 어느 순간 난 듣기를 잘하고 있다는 걸 깨달았다.

국어사전을 보니, 수다는 '쓸데없이 말수가 많음. 또는 그런 말'이라고 되어 있는데 나의 생각은 다르다. 수다는 전혀 쓸데없지 않다. 오히려 쓸 데 있을 때가 많다. 회사 사람과의 수다 중에 브레인스토밍 회의에서는 나오지 못하는 아이디어가 나오기도 하고, 친구와의 수다 중에 스트레스가 풀린다. 딱딱할 법한 '높으신 분들'과의 관계는 수다로 부드러워질 수 있으며, 수다로 얻은 정보는 공부할 때 얻은 지식보다 가치가 떨어진다고 생각하지 않는다. 친구를 만나든, 사장님을 만나든, 인터뷰를 하든, 거래처 사람과 미팅을 하든 나의 수다 능력은 도움을 주고 있다.

요즘은 '당신이 아는 거면 다른 사람도 알아'라고 말해주고 싶은 사람투성이인 시대다. 나를 알리고, 나를 주장하고, 내 얘기를 하는 이들 사이에서 수다를 잘하는, 다른 사람을 잘 들어주기도 하는 사람은 오히려 매력적인 사람이 될 수 있지 않을까. 그렇게 한껏 합리화 겸 포장을 하며 이번 달도 첫 날부터 무료통화분의 반을 써대고 있다.

이런 사람이 되고 싶어요

아, 어렵다. 보통 자기소개서를 쓸 때 경력 위주의 나의 히스토리를 약간 쓰고, 장점을 좀 언급하고, 단점을 말하는 척하면서 그것도 장점으로 살릴 수 있다는 식으로 마무리하기 마련이다. 그래서 여기서는 나름 냉정하게 한 세 가지 정도로 추리려고 했는데, 나의 고치고 싶은 점이 뭔가 생각하는데, 도저히 세 개로 맞출 수가 없는 거다. 이리저리 머리를 굴려 봐도 불가능하다. 그래서 고치고 싶은 것들을 주르르르 그냥 나열만 했다. 그나마도 좀 줄였다. 부끄러워서. 이걸 다 갖추면 아마 완벽한 사람이 되겠지.

- 안정적인 것만 생각하지 않고 안 해본 것도 좀 해보면서 모험적으로 살아보기
- 남에게 적극적으로 먼저 연락하기
- 사람들을 폭넓게 사귀기
- 남의 눈 좀 신경 쓰기
- 남 생각 하지 않기
- 권위의식 있는 사람이라고 해서 무턱대고 내치지 않기
- 내가 보기에 능력 없는 사람이라고 해서 무턱대고 무시하지 않기
- 모든 일에 금방 싫증 내지 않기
- 건강 좀 챙기기
- 공정하고 공평한 것을 좋아한다고 해서 아무 데나 공평함을 들이대지 않기
- 다른 사람의 지적도 너그러운 마음으로 받아들이기
- 융통성 좀 갖추기
- 진짜로 잘난 척하는 걸 경계하기
- 책 더 많이 읽기
- 창의력 있게 생각하기
- 일기든 뭐든, 꾸준히 쓰기
- 좋은 선배 되기

- 새로운 것에 재빠르기

- 멍 때리는 것도 정도껏 하기

- 모든 것에 대한 귀찮음을 극복하기

- 자신감 갖추기

- 무슨 일이든 재는 것 삼가기

- 유머를 더욱 갈고닦기(가장 마지막에 써 있지만 나에게 가장 중요♡)

팁

처음 자기소개서에 대한 글 얘기가 나왔을 때, 나는 앞으로 자기소개서를 쓸 사람들에게 해줄 만한 간단 팁 같은 것에 대해 쓰는 것인 줄 알았다. 물론 그건 내가 이전에 알고 있던 '옛날 자기소개서'. 앞으로 자기소개서를 써야 한다면, 그런데 아쉽게도 그 일에 어려움을 느끼고 있다면 그 이야기가 훨씬 더 궁금하겠지.

먼저, 제목을 넣으면 좋다. 학창 시절 리포트를 쓸 때 가장 신경 쓴 부분이 제목이었다. 제목이 좋으면 일단 점수를 받고 들어간다(고 생각했다). 자기소개서를 받았을 때 심심하게 맨 위에 '자기소개서'라고 써 있는 것보다는 센스 있는 제목이 들어가 있으면 확실히 먼저 눈이 간다. 그리고 제목 다음으로 중요한 게 첫 문장이다. 최대한 호기심을 일으킬 수 있을 만하게 써야 한다. 제목과 첫 문장이 그야말로 '쌈빡'하면 일단 호감이다.

내용은 최대한 구체적으로 쓰는 게 좋다. 그래야 재미가 있다. A4 한 장 남짓(절대 두 장을 넘기면 안 된다. 웬만해선 그때부터 지루해진다. 자기 글에 대한 자신감이 차고 넘치는 사람이 아니라면 절대 두 장을 넘기지 않도록 하자)에 최대한 잘 나를 소개해야 하니, 어디서부터 어떻게 말해야 할지 고민이 되는 게 당연하다. 하지만 모두 알듯이, 구구절절 나의 히스토리를 설명하는 것은 불가능하고, 해서도 안 된다. 나의 장점 혹은 개성 혹은 특징을 보여 줄 수 있는 구체적인 에피소드 2~3개만 쓰면 된다. 그러면 읽는 사람은 다 안다. 나의 자기소개서를 읽는 사람은 절대 멍청하시 않다. 읽으면 딱 안다. 그러니 많은 설명을 안 해도 된다.

또 중간 제목을 쓰는 걸 놓치지 말자. 나 같은 경우는 글을 쓰기 전에 먼저 중간 제목을 생각하는 편이다. 그게 글 쓰는 데도 편하고, 글의 방향을 쉽게 잡을 수 있다.

읽는 사람으로 하여금 어떻게든 재미있게 읽게 해서 기억에 남게 하려는 목적에서, 글의 형식을 좀 다르게 해도 괜찮다. 읽을 사람이 너무 보수적이지만 않다면야, 정말 다양한 형식으로 써서 재미있게 어필할 수 있다.

정말로, 정말로, '난 글을 써본 적이 없어서 너무 어려워'라는 사람에게는 '문장을 최대한 짧게' 쓰라고 말해 주고 싶다. 문장이 한 줄을 넘어가지 않게 쓴다. 최대한 간결하게 쓴다. 화려한 수식어가 난무하는 늘어지는 문장보다 깔끔한 짧은 문장이 훨씬 좋다. 쓰기에도, 읽기에도.

내가 세상에서 가장 싫어하는 글이 읽는 사람을 전혀 고려하지 않는 글이다. 여기에 자기의 지식 허세까지 첨가되면 아주 볼썽사납기에 안성맞춤이다. 이런 글은 그냥 네 일기장에다 써, 라면서 넘겨 버린다. 읽기 쉬운 글이 좋은 글이다. 읽기 편한 글이 좋은 글이다. 자기소개서도 글이다. 심지어 확실한 독자도 있다. 그렇기 때문에 읽는 사람을 고려해야 한다. 심지어 난 좀 분위기가 자유로워 보이는 회사에 지원할 때는 이력서 사진란에 여행 사진을 잘라서 넣기도 했다. 비슷한 느낌의 여권 사진 같은 사진만 계속 보면 받는 사람이 얼마나 지루하겠는가. '나에 대해 어떻게 하면 잘 쓸 수 있을까'가 아니라 '어떻게 하면 읽는 사람이 재미있을까', 이렇게 시작하면 된다.

물론 자기소개서를 잘 쓰는 데 가장 중요한 건, 자기소개서 쓰는 것을 너무 어려워하지 않는 것이겠지만.

무엇을 하며 살 것인가

일개 직원으로서 살아온 지 어언 8년. 구직 때문에 여직 힘들어하는 영혼들도 있고, 이직 준비가 이미 숨쉬기처럼 된 친구들도 많은 나이. 취직이 (잘만) 되면 다른 문제 따위는 없을 것 같은 생각에 구직에 인생을 담보 잡히기도 하지만 그러나 결국 직장은 우리를 구제해 주지 않는다.

진짜 하고 싶은 일, 진짜 가고 싶은 곳에 가세요.

마음산책 정은숙 대표의 꿈처럼 들리는, 다소 배부르게도 들리는 이 말은, 직장 자체는 우리 삶을 구제해 주지도, 우리의 정신을 고양시켜 주지도 못하므로 과연 우리는 '무엇을 하며 살 것인가'를 생각하며 살아야 한다는 메시지의 다른 버전이었다.

이미 안정된 기반을 가진 사람이 하는 말이라, 이런 말 미안하기도 하고 배부른 소리로 들릴 것도 알지만 저는 늘 가까운 사람들에게도 같은 말을 해요. 급하게 아무거나 시작해 버리지 말라고. 기다리고 준비하다가 마침내 원하는 일을 하게 될 때 터지는 폭발력은 어마어마합니다.

우리는 무엇을 얼마나 더 기다려야 할까. 도대체 무엇을 더 준비해야 할까. 무기력함을 내려놓고 일 자체를 다시 생각해야 한다고, 나와 일의 관계를 다시 생각해 볼 필요가 있다고 정은숙 대표는 말한다. 다른 회사의 대표들이 회사를 왜 더 키우지 않느냐고, 확장하지 않느냐고 충고인 듯 질책인듯 질문을 던지지만 정 대표의 '그저 좋아서 하는 일', '일상이 기반이 되는 일'의 즐거움에 대한 이야기를 듣고 있노라면 단순히 돈을 벌기 위한 샐러리맨이 되지 않을 때 경험하게 되는 세계를 상상하게 된다.

직장 자체보다는 '일'을 선택하는 게 중요해요. 직장 어디를 들어가는 것보다, 일과 내 생활을 갖는 게 먼저죠. '이곳이 나를 만들어 줄 곳인가?' '나를 성장시킬 수 있는 곳인가?'를 생각해야 해요. 나중에 일을 하다 보면 그 싱크가 맞춰지기도 하고요. 어떤 일을 선택한다는 것은 우리 자신을 만들어 가는 것이기도 한데 그것을 단순히 직장으로만 한정하면 안 되겠죠.
특히 제가 있는 이 출판 쪽의 경우는 회사의 규모와 일의 성격을 생각해 봐야 하는데, 회사가 크다고 반드시 더 좋은 일, 더 대단한 일을 하는 건 아니거든요.

정 대표가 젊은이들에게 계속해서 직장이 아닌, 일을 선택하라고 하는 이유다. 그렇다면 일로서 출판을 택하고, 마음산책에 들어오는 사람들의 이야기는 어떨까. 어떤 사람과 일하고 싶은지, 어떤 자소서를 읽을 때 마음이 움직이는지를 물었다.

가장 오랜 시간, 누구나에게 똑같은 시간을 할애해서 보는 게 자기소개서예요. 사실 이력서에서 보는 요소는 몇 개 안 되죠. 1분이나 될까. 그리고 자기소개서를 보죠. 느낌이 오는 자기소개서는 처음부터 다른데, 제가 가장 중요하게 생각 하는 건 고유명사예요. 왜 마음산책이냐, 마음산책에서 나온 (구체적으로) 어떤 책이 나에게 어떤 의미이고 영향을 미쳤고 등등 하는 이야기요. 생각보다 회사는 많고 들어갈 곳도 많아요. 저희에게 들어온 자기소개서에서 우리 회사 이름을 가리고 다른 회사의 이름을 넣어 보는데, 그렇게 해도 아무 지장이 없다면 별로 뽑고 싶지 않죠. 냉정하게, 우리 회사가 최고가 아니라는 거 저도 알거든요. 그런데 우리 회사를 좋아해 주고, 절실함이 느껴지고, '아 이 사람이 오면 진짜 우리 회사가 달라지겠구나' 하는 사람과 일하고 싶어요.

나에게도 그런 친구가 있다. 이력서와 자기소개서를 꾸준히 업데이트하면서 적당한 이직시기와 적당한 직장이 나타나기를 기다리는. 한 마리 외로운 하이에나처럼, 좀 더 나은 직장, 내 삶의 질이 풍요로워질 수 있는 직장을 찾는 것을 멈추지 않는.

그런가 하면 또 그런 친구도 있다. 저 오랜 시간, 수차례의 실패를 겪으면서 계속 자신의 길을 가겠다 하고 그냥 그렇게 쭉 가고 있는. 적당히 멈추고 아무 일이나 한다고 한들 누구도 뭐라 하지 않을 것 같은데 그럼에도 기어이 제 하고 싶은 일만을 바라보는.

하나가 다른 하나보다 더 낫거나 옳은 건 아니지만 어느 쪽이 되었든 일을 하는 이유와 그것을 애초에 하고자 했던 초심을 잊지 않는 것은 중요하다. '당장 죽겠으니까 꿈이고 뭐고 아무 데고 들어가고 보자'는 마음을 모르는 바 아니고 '인생 길게 보면 지금 이렇게 몇 년 고생 더 하는 건 아무것도 아니다'라는 마음 역시 모르는 바 아닌지라, 어떤 쪽에서 버티고 있든 여하튼 자기라는 중심만은 잃어버리지 않기를 바라는 마음으로 둘 모두를 응원하련다.

자소서의 어떤 전략

자, 그렇다면 고유명사를 가진 사람이건 아니건 자기소개서에서 가장 중요한 것은?

—그것이 독백으로 끝나지 않는 것이다.

중요한 건 자소서라는 게 독백이 아니라 고백이라는 거예요. 입사하고자 하는 회사 담당자에게 하는 고백이라는 거죠. 여기서 또 유의해야 할 점은 '내가 진심으로 이야기를 하면, 상대가 못 알아들을 리 없다'는 생각. 이건 잘못된 거거든요. 듣는 사람은 나와 같은 심정이 아니에요. 내 이야기를 읽는 오늘의 컨디션이 어떤지도 모르고, 그가 어떤 가치관을 가진 사람인지도 모르잖아요. 하고 싶은 이야기를 다 한다는 생각을 하면 안 된다는 말이에요.

모르는 바는 아니지만 구직자는 절박함에 100%, 아니 가능만 하다면 120%라도 보여 주고 싶다. 그러나 정은숙 대표가 하는 말은 전략적이어야 한다는 것.

어떻게 '전략적'으로 전달해야 저 사람이 의자를 끌어당기고 앉아 내 이야기에 집중하게 할까를 생각해야겠죠. 어쨌든 목적이 있는 글이니까. 의례적으로 쓰는 글은 읽는 사람을 지치게 해요.

목적이 있는 글로서의 자기소개서라는 것은 사실 얼마나 좋은 글솜씨를 가졌느냐의 문제라기보다는 읽는 사람이 긴장을 하게 만드는 문제다. 이는 인사담당자들이 꾸준히 밝혀온 바와 같다.

뭔가 매끄럽고 능숙하지 않더라도 울림이 있는 글이면, 거꾸로 이력서나 포트폴리오도 다시 보게 된다.

이력서상으로 다소 결함이 있더라도 자소서를 보고 이 사람을 만나 봐야겠다고 생각이 든다면, 그 자기소개서는 성공이 아닐까요?

전략적이라는 표현을 썼지만 정 대표는 이 단어를 쓰는 것을 그리 좋아하지 않았음을 밝혀 두고 싶다. 전략적이라는 말은 다만, 실제로 그렇지 않은데 그래 보이게 혹은 그럴듯하게만 쓴다는 게 아니다. 전체적으로 읽는 이에게 밀고 들어오는 느낌이라는 것은 과연 속일 수가 없는 것이고, 아 (글을 쓴) 이 사람이 자신을, 그리고 글을 나에게 던져줬구나, 하는 느낌 역시 설명하기는 어렵지만서도 와닿는 게 분명 다르다. 다시 한번 말하지만, 우리는 여기서 단순히 '글 잘쓰는' 것에 대해 이야기하는 게 아니다.

자소서를 읽으면서 그 사람에 대해 갖는 느낌과 실제로 일을 해볼 때의 느낌은 경험상 거의 일치해요.

죽은 사람을 보는 정도까지는 아니더라도 우리에겐 어느 정도의 육감이 있고, 그 느낌은 많은 경우 잘 맞는다. 우리는 글에서 우리를 속일 수 없고, 읽는 이도 속지 않는다. 정은숙 대표가 말한 진짜라는 느낌. 그건 그냥 그런 거다. 그냥 그런 게 있다.

그러나 결국 모든 게 느낌이라거나 취향이라고 해버리면 아뿔싸 감 떨어지는 아해들은 어쩌라는 건가요 다급해진 마음에 자소서를 잘 쓸 수 있는 별다른 방법이 있을까 물었다.

꼭 들어가야 한다고 생각하는 요소들은 있죠. 지원한 회사의 가치관에 대한 나름의 평가를 하고 시작하는 것도 좋을 것 같고요. 이 회사에서 일하기 위해 나는 무엇을 해왔고, 무엇을 구체적으로 할 수 있는지를 밝히는 것도. 자랑만 하다 보면 과대망상이라고 생각할 수도 있으니 장점인 듯 약점인 듯… 하지만 실은 장점인 것들을 밝히는 것도 좋겠죠.^^

이런 이유로 '전략적 글쓰기'라는 말이 여러 번 나왔다. 우리는 지금 일기를 쓰는 것이 아니므로. 연애편지를 쓸 적에도 전략이 필요하거늘, 하물며 나를 팔아야 하는 자기소개서에랴.

잡지구성이라고 생각해 보세요. 하나의 아티클을 청탁받았다고 해보죠. 그런데 우리가 뭐 김훈 선생처럼, 물 흐르듯 그런 글을 쓸 수는 없지 않겠어요? 그런 작가의 글을 기다렸다 읽는 독자들을 상대하는 게 아니에요, 우리는. 잡지랑 똑같다는 것은, 막 훑어보다 눈에 걸려야 한다는 거죠. 소제목이 중요할 것 같은데 이때 읽는 이의 피로도를 덜어 주는 소제목이 좋겠죠? 잡지사로부터 글 청탁을 받았다, 그런데 그게 나에 대한 글을 쓰는 거다,라고 생각하면 될 것 같아요. 그 컨셉을 생각하고 처음부터 끝까지 전략을 세우고, 읽는 사람의 피로도를 낮추고 매력을 느끼게 해주는 글을 써보는 것, 그게 좋은 자기소개서 쓰는 법이 아닐까요?

미용실 혹은 커피숍에 앉아서 잡지를 뒤척이던 우리의 지난 경험을 소환해 보건대, 휘릭 넘기며 잡지의 수많은 글과 이미지를 보던 중 실수로 넘겨 버린 그 지점을 찾기 위하여, 기어코 그 기사나 칼럼을 찾아 읽기 위하여 우리는 손가락에 침까지 발라가며 페이지를 넘기지 않았던가? 독자를 끌어당기는 글은 바로 그런 게 아니었던가?

입사지원자들은 아주 뜨거운 외부인이라는 생각이 들어요. 읽는 사람 입장에서는 아직 밖에 있는 사람이지만, 지

원을 하면서 간절하고 뜨겁게 안쪽을 바라보고 있는 소비
자잖아요. 그 뜨거운 열정을 잘 담아 쓰면 좋을 것 같아요.

진싸로 쓰면 읽는 사람도 느낄 수 있다는 말. 그러나 너
무 열정적으로 일하다 보면 오히려 상실감을 느끼기도 하
고 내가 지나치게 알아서 너에게 나를 보내고 있다는 느낌
을 받기도 하지 않..않나요? 이에 정 대표는 말한다.

일을 할 적에, 과업이라고 생각할 경우 피곤해지죠. 가욋
일이라고 생각하게 되고, "위에서 하래"라고 받아들이기
만 하는 일, 당위로 할당되는 일, 성장한다는 느낌을 못받
는 경우 당연히 불만이 생길 수밖에 없어요. 성격 탓일 수
도 있고 직업에 대한 몰이해일 수도 있는데……
일과 함께 사는 사람의 직원은 단순히 일중독, 일벌레가
아니에요. 일을 하면서 관계된 행위나 활동들을 삶의 한
형태로 즐기고 있고요. 예를 들어 미술과 관련된 책을 하
는 친구는 갤러리를 이미 취미로 다니고 있다거나 강의를
듣고 있었달지… 이런 식으로 준비된 사람이 있어요.
우리 모두 프로로서 대우받고 또한 프로로 일하기를 원하
잖아요. 준비된 프로로 살아가는 건 자기가 하는 일과 둘
러싼 맥락에서 즐길 줄 안다는 말이기도 할 것이고, 아, 또
작업의 결과가 말해주기도 해요.

일이라는 것은, 단순히 우리가 생각하는 상식으로만 이루어지지는 않는다고 정 대표는 말한다. 개인의 특질 문제이기도 하고 생활의 문제이기도 하다고 이어 말했지만, 사실 이건 경험해 본 사람만이 아는 영역이 있는 문제인 것도 같다. "어디까지 가봤니?"라고 하는 친숙하다 못해 이제는 식상해지기까지 한 그 카피가 묻는 바처럼, 자신이 가본 곳까지만 우리의 이해가 닿는다.

모든 순간은 빛난다

"시간은 절대적인 개념이 아니잖아요"라며 놀란의 영화 「인터스텔라」를 보고 놀란 사람들이라면 대체로 익숙할 시간의 상대성을 이야기하기 시작하는 성은숙 대표.

1시간이어도 어떻게 쓰느냐에 따라 다르죠. 모두에게 주어진 전제조건을 가지고 삶을 풍요롭게 만드는 것은 전적으로 개인에게 달려 있어요. 직업을 찾는 젊은이들에게 저는 이미 기성세대고, 직업을 확고하게 가지고 있는 사람이어서 이런 말을 하는 게 쉽지 않지만 간절히 원하면 안테나는 그쪽으로 세워지고, 언젠가는 진입하게 되어 있다는 말을 하고 싶어요.

빨리 이루려고 하다 보면 헛발질을 하게 되죠. 시간의 차이가 있긴 하지만 결국 원하는 곳에 들어가긴 들어가고,

그리고 진입하고 났을 때 그동안의 시간을 어떻게 채워 왔느냐에 따라 결과가 완전히 달라지겠죠.

우리의 삶은 대기상태가 아니다. 어떤 순간도 중요하지 않은 때가 없는, 이건 뭐 소중해도 너무 소중한 나의 인생이 아니던가.

인생에서 그 시간을 최대한 즐겼으면 좋겠어요. 지금 아무것도 못하는 것 같지만 지금 그 시간을 무언가를 해내는 시간으로 보내면, 나중에 본인이 원하는 그 일을 찾았을 때 폭발력을 가질 거라고, 저는 믿어요. 인생 길어요. 지금 인생 초반이고 일단 취직하고 봐, 이건 말도 안 된다고 봐요.

아..아는데 그 안에 있을 땐 보이지 않는다. 그러나 일단 들어가고 보자 해서 들어갔는데 불구덩이면 어쩔 거냐는 정은숙 대표의 걱정은 진심으로 느껴졌다. 그냥 들어갔다가 튀어나오는 사람도 적지 않게 보아 왔는데 그 상실감을 어떻게 하겠느냐고, 마지막까지 정 대표는 젊은이들에게 (힘들겠지만) 버틸 것을 당부했다. 요즘 구직자들이 힘든 거 잘 아시는 김에, 인터뷰의 끝에서 나는 1분 자기소개를 요청했다. 인터뷰어를 포함한 많은 이들이 할 때마다 당황하고 아무리 연습을 한다고 한들 결코 잘하지 못하는 그것, "1분 동안 자기소개"하기.

마음산책은 2000년에 세워진 문학예술 인문 출판사입니다. 2000년에 세워졌다는 것이 굉장히 의미가 깊은데 새로운 세대를 위한 책만들기가 가능해졌다는 거죠. 글과 그림이 완벽하게 하이브리드 방식으로 조화가 이루어지도록 하는 건데요, 그동안 문학이 읽는 게 우선이었다면 이제는 소장하고 싶은 문학책, 예술서라면 이제 읽고 싶은 예술책이 되는 것이죠. 이렇게 하이브리드를 추구하면서 출판사를 시작했고, 지금은 14년 동안 이쪽 분야에서 280종의 책을 냈습니다.

마음산책이 가장 중요하게 생각하는 것은, 적은 수의 독자들이더라도 책을 샀을 때의 만족감, 완성도를 느낄 수 있도록 하는 것입니다. 빨리빨리, 효율성 위주라기보다는 담당자가 장인처럼 책을 만듭니다. 편집자 한 사람이 독자 한 사람을 만나는 1:1이라고 생각하고, 그래서 마음산책은 부티크형 출판사를 추구하고 있습니다.

.

.

1분 넘었죠? 다시 하면 안 되나요? 저... 탈락인가요?ㅜㅜ

Be yourself

어쩌면 많은 이들에게 이 인터뷰는 뻔한 이야기일지도 모르고, 뭐 내가 모르는 얘기 좀 해 주겠냐는 리액션이 따라붙을지도 모르겠다. 그러나 여기에서 우리가 확인할 수 있는 것이 있다면……

자소서를 기똥차게 잘 쓰는 기술이나, 인사담당자의 맘에 쏙 드는 서류를 만들어 내는 비법이나, 내가 원하는 그곳에 들어가는 방법이나… 이 모든 걸 우리는 사실, 모르지 않는다는 것. 사실은 이미 알고 있다는 것. 내가 무엇을 원하는지 무엇을 하면서 살고 싶은지 그러려면 어떻게 해야 하는지 우리는 답을 알고 있다. 다만 이 시점에서 우리에게 필요한 것은 어떤 기술이나 비법의 습득이라기보다는 우리의 마음을 탐구하고, 탐구한 결과에 맞추어 살아보는 것. 어떻게든 그렇게 해보는 것. 자기를 프로듀스하고 자기소개서를 프로듀스할 수많은 청춘들에게 권하는 말. Be yourself.

"그러나 삶이란, 다른 곳에서 돌이 깨지지 않는 한,
세워질 수 없는 것이다."(로베르트 무질)

2015년 1월 26일 마포구 서교동 마음산책 출판사에서
인터뷰 및 정리_임유진